JN254768

遠い国から来た少年

A Boy from a Distant Country

作 黒野伸一

荒木慎司 絵

新日本出版社

遠い国から来た少年／目次

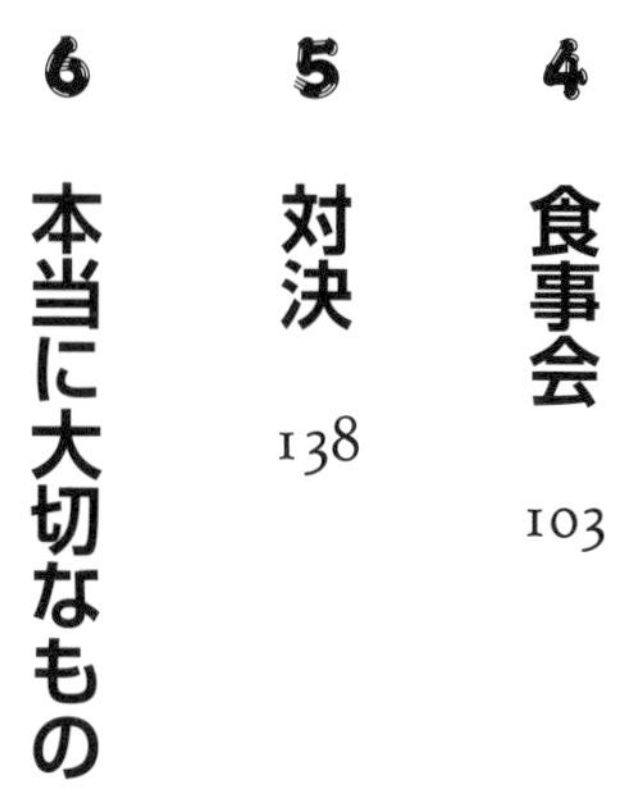

これは、東京近郊にすむ、小学生姉弟がけいけんした、ふしぎなふしぎな物語です。

お姉さんの名前は、丘野由梨（ユリ）。小学六年生で、とても勝気な女の子。

弟の名前は、昌（マサ）。おねえさんより一さい年下の、小学五年生。おねえさんのユリほどではありませんが、こちらも勝気な男の子です。

1 ふしぎな転校生

新学期が始まってから、少したったある日、「ねえちゃん、ねえちゃん」とマサがユリのもとに来ました。ユリは、ちょうど食べていたマフィンの、最後の一かけらをほお張ると、マサを振り向いて「なに？」とたずねました。

「あっ、またケーキ食べてる。おれの分はー？」

マサが、パンパンに張ったほおを、モグモグさせているユリに眉をひそめました。

「ない。これが最後」

ユリが口の中のものをのみこむと、しれっとした口調でこたえました。

「ねえちゃん、食べすぎだよ。それ以上食うと、メタボになるぜ」

「平気です。たてにドンドン伸びてますから」

たしかにユリは、クラス一背の高い、どちらかといえばスリムな女の子です。

「それより何？　あたしに、なんか、はなしたいことがあったんじゃないの？」

マサは、冷蔵庫からぶどうジュースのペットボトルを取りだすと、ラッパ飲みし、フーとため息をつきました。

「この間、はなした転校生のことなんだけどさ、やっぱあいつ、おかしいんだよ」

マサのクラス、五年一組には、新学期から転校生がきていました。名前を山本次郎といいます。どこにでもありそうな、ちょっと古くさい名前です。

「その子、どこかのなまりが、あったんじゃなかったっけ」

「なまりなんてもんじゃねーよ」

ジュースを一気に飲みすぎたせいか、マサがせい大なゲップをしました。

「自己紹介んときに、いらっしゃいませ、わたくしめは、やまもとじろーでごんす、とかいってんだぞ。ぜってえ、マトモじゃねーだろ」

弟の物まねに、ユリは大笑いしてしまいました。

「それって、作ってないよね？　本当にそんなしゃべり方なの？」

マサは「作ってなんか、いねえよ」と、かぶりをふりました。

「クラスのみんなが引いて、先生も『山本くん。ウケねらいだとしても、変な日本語はやめたほうがいいわよ』って注意したけど、キョトンとした顔してるし。

だけどさ。あいつがおかしいのは、しゃべりだけじゃなくて、つまり、なんていうか……行動パターン全部なんだよ。給食のごはんを、虫めがねでジッと観察してから、ひとつぶずつつまんで食べるとか。キーパーまかせたら、ゴールを守るどころか、全力でボールに当たらないよう、逃げ回るとか。野良ネコを教室に連れてきて、『あいうえお』を教えたりするとか。もう、ホント、おかしいんだよ。やってることすべてが」

「もしかして、帰国子女なんじゃないの？　その子」

「きこくしじょって？」

マサがたずねました。

「帰国子女っていうのはねえ、外国で育って、そのあと、日本に帰ってきた日本人の子どものこと」

「外国って、たとえばアメリカとかフランスとか、そういうところ？」

マサの質問に、ユリがうなずきました。

「海外育ちなら、言葉とかすこし変なのわかるし、習慣だって日本とはちがうし」

「じゃあ、フランスのゴールキーパーは、ドッジボールみたいに球から逃げ回るのかよ。アメリカの学校じゃ、ネコも人間といっしょに、ＡＢＣをならったりするのか？」

思いもかけなかったマサのツッコミに、ユリは口をつぐみました。

「でも、その山本くんって子、そんなんじゃクラスで孤立しちゃうんじゃない」

「ああ。ハッキリいって、みんなさけてる。なんかキモいし」

「山本くん、クラスメートにめいわくかけたりするの？」

「それはねーな。あいつ、おとなしいから」

「だったら、仲よくしてあげればいいじゃない」

「うん……ま、そうなんだけどさ」

実は、山本くんはけっこう積極的に、クラスメートに、はなしかけようとしていたのでした。ところがクラスのみんなは、山本くんが近づいてくるなり、サッといなくなってしまうのです。

「だめじゃん、それじゃ」

ユリが外国人がやるように、片方の眉だけをつりあげました。

「こっちに越してきたばかりで、まわりは知らない子ばかりなんだから、友だちになってあげなきゃ」

「ま、それもそうだけど……わたくしめは、やまもとじろーでごんすなんて、いいながら、野良ネコに日本語教えてるようなやつだし……」

「だからナンだっていうのよ。ちょっとばかり変わってるからって、仲間に入れないのは、かわいそうじゃない。そういうのってイジメだよ」

「イジメじゃねーよ。単にしゃべらないだけだよ」

「無視ってことでしょう。無視だって、りっぱなイジメじゃない」

マサはふくれっ面をして、だまりこみました。

でもマサにもちゃんとわかっていたのです。山本くんと、仲よくしてあげなければ、いけないことを。

とはいえ、クラスの大部分が、山本くんをさけていたため、マサも同じようにふるまったのでした。みんなと違うことをするには、勇気がいります。

「人のことなんか、関係ないよ。自分がどう思うかだよ。一度山本くんと、じっくりはなしてみなよ。案外、いい子かもしれないよ」

ユリが切れ長の大きなひとみで、弟を見つめました。マサは大きく鼻から息をはき、頭をガリガリとかきました。

「わかったよ、ねえちゃん。おれ、山本とちゃんと、はなしてみるから」

山本は、きっとわるい子じゃない。

だけど、そうとう変わったやつなんだ……。

これが、マサが思っていたことです。

変わったやつだからといって、まるっきりはなしかけないのは、はたしていいことでしょうか？　こちらから歩みよれば、山本くんの別な側面が見えてくるかもしれません。そうすれば、山本くんも、思っていたほど変わり者でないことが、わかるかもしれません。

ところが学校で、山本くんにはなしかけようとしてはみたものの、うまくはいきませんでした。

マサが教室にはいるなり、クラスメートたちがまわりに集まってきます。マサは人気者なのです。サッカーやドッジボールがうまいし、お笑い芸人のように、みんなを笑わせることがとくいでした。

人を笑わせることができるのは、「空気をよむ」ことに長けていたせい、かもしれません。

だからマサは、クラスの「山本くんを無視する」という空気を、びん感に察知していました。

クラスの空気を気にかけず、ひとり、山本くんにはなしかけるということは、せっかくきずいた人気者という地位を、おびやかす行いです。

クラスメートにかこまれながら、チラリと、教室のはしにぽつんとすわっている山本くんを見やりました。山本くんは、ピンと背すじを伸ばし、国語の教科書を読んでいます。友だちの輪から抜けだし、山本くんのもとへいく勇気は、やはりマサにはありませんでした。

おかしな日本語をしゃべる、変わり者の山本くんが、実は頭のう明せきであったことが、ほどなく証明されました。

新学期になってはじめて実施されたテストで、山本くんは、すべての科目で満点をとったのです。

「山本くん、すごいねえ。先生のいうことをよく聞いて、勉強、がんばったんだねえ」

担任の田中光子先生は、ホクホク顔です。

満足そうにしている田中先生とは裏はらに、児童たちは白けた顔をしていました。

ふつう、テストで満点をとれば人気者になるのに、山本くんの場合は、反対に、ますますみんなから距離を置かれるようになったのです。

そもそも、しゃべっている日本語があやしいのに、なぜ山本くんは国語でも満点をとれたのか、疑問に思う児童もいました。

「あいつ、カンニングしたんじゃね」

「そうだよな。教科書をそっと見てたんだよ」

「全部の科目で百点とるなんて、ありえないよ。やっぱりカンニングしてたんだよ」

根もないうわさでしたが、クラス中に広まりました。

ところで山本くんは、スポーツのほうは、からきしダメでした。

徒競走をやらせれば、みんなより半周おくれでゴールするし、幅とびや高とびでも、一年生なみの記録しかだせません。

団体球技では、山本くんはみんなの足を引っぱりました。

ドリブルをすると、球はあらぬ方向へ飛んでいくし、バットを持たせれば、いつも空ぶり三しん。ボールをパスしても、二回に一回はとりそこねます。

山本くんのいるチームは、バスケでもサッカーでも野球でも、かならず負けてしまいました。

もっとも山本くんは、ゴールキーパーはボールがゴールの中に入らないよう、守るためにいることは、すぐに学びました。

とはいえ、彼がキーパーをやっても、何も役には立たなかったですけどね。いくら捨て身でゴールを守ろうとしても、ボールにふれることすらできなかったのですから。

というわけで、山本くんはクラスでますます孤立していきました。

休み時間も給食の時間も、いつも一人。

でも山本くんは、さびしそうな素ぶりは見せず、窓の外の風景をながめたり、読書にいそしんだりしていたのでした。

そんな折、クラスで席替えがあり、マサと山本くんの席は、となりどうしになりました。かべ際にいた山本くんの右どなりが、マサの席です。

はじめての日、何気なく左を向くと、山本くんと目が合いました。

注意して見たことがなかったので、気づかなかったのですが、山本くんは長いまつ毛におおわれた、やさしそうな目をしていました。野性的な風ぼうのマサとは、対照的です。

山本くんが、ニコッとほほ笑んだ時、なぜかドキリとして、マサはひとみをそらしました。

席替えしてしばらくたったある日、登校したマサは、家に筆箱を忘れたことに気づきました。

エンピツを貸してくれる友だちなら、たくさんいたのですが、もう授業ははじまっています。席を立って、筆記用具を借りにはいけない状況でした。

田中先生は、黒板にどんどん文字を書いていきます。早くノートをとらないと、書き写すまえに、消されてしまうかもしれません。

どうしようか迷っていた時、左手からスッと腕が伸びました。

山本くんです。

山本くんが差し出した手のひらには、エンピツと消しゴムがのっていました。

目が合うと、山本くんは、あのやさしそうなひとみで、ほほ笑みました。今度はマサも笑みを返すことができました。

休み時間になった時、マサは山本くんにお礼をいいました。「どういたしまして」と短く答えた山本くんは、すぐに社会の教科書をとりだし、予習をはじめました。筆記用具は貸したものの、それ以上の交流はさけたいようです。

「そうやって勉強ばかりしてりゃ、百点とるの、当たり前だよな」

思わずマサがつぶやきました。

山本くんが教科書に顔をうずめたまま、フンと鼻をならしたので、マサはあわてて「いやみでいったんじゃないぞ」と、取りつくろいました。本心からそう思ったのです。

「勉強すきなのか？」

「うん」

山本くんが、前を向いたまま答えます。さきほどの笑顔とはうって変わって、つれない態度でした。

「おい。はなしかけてんだぜ。こっち向けよ」

マサがちょっと熱くなって、つめ寄りました。山本くんが、ゆっくりとマサをふり向きます。

「ぼくにはなしかけるの、禁止ではないのでしょうか？」

マサは、出かかったことばを、ゴクリとのみ込みました。

そうだった……。いや、そうじゃないけど、そう思われてもしかたがない……かも。

山本くんがまた、前を向こうとしたので、マサはあわてて口を開きました。

「だれが、禁止なんていってるんだ?」

「禁止ではないのか?」

「禁止じゃないさ。だから、おれ、こうしてお前にはなしかけてるだろう」

「なるほど。では、いろいろとはなそうではないか、丘野」

山本くんが、パタンと教科書を閉じ、マサに向き直りました。

「とてもうれしいと思っている。なぜならば、やっとクラスメートとはなすことが、できるからだ」

転校したばかりのころ、山本くんが積極的にクラスメートにはなしかけようとしていたことを、マサは思いだしました。

こんなにうれしがっているのに、山本くんをさけていたなんて、ひどいやつだ、とマサは自分自身をせめました。

「さて、なにからはなそうか?　はなしたいこと、いっぱいで、もうアップアップしてるね」

あい変わらず変な日本語ですが、それでも「わたくしめは……ごわす」などといっていた以前に比べれば、マシになったような気がします。

「あのさー。お前、どこの出身なの？」

「どこの出身というのは、え〜と、どこで生をうけたかということと、同じですな」

「お前の日本語、ヘン。外国生まれなの？」

「そーだね。遠いところで生まれました。でも、漢字はとくいだよ。たくさん覚えたよ」

「それは知ってるよ。国語のテストで満点とってたもんな」

「テストは、むずかしくない。教科書どおりだから。でも、はなすことばは、むずい。教科書にかいてないから、たいへん、劇的にむずい」

その時、休み時間終了のチャイムがなりました。

チャイムがなりやむや、山本くんは、まるでせいみつ機械のようにパッと口をとざし、前を向いて予習にもどりました。


山本くんは、給食を食べ終わるとすぐに、また読書をはじめました。今回は、教科書ではないようです。

「おまえ、スゲーな。よく、そんな本読めるな」

山本くんが手にした、大人むけの新書を見ながら、マサはため息をもらしました。「世界が平和になるためには」というタイトルです。

「むずくないの？　その本」

「むずくない」

山本くんは、しれっとこたえましたが、すぐに「いや、ごめん。ぼくがまちがってた。丘野が正解。むずい」と訂正しました。

山本くんは、パタンと本を閉じると、マサに向き直り、いろいろ質問をしてきました。毎日、たのしいか？　こわいことはないか？　鉄砲をうったことがあるか……。

「鉄砲!?　うったことあるわけないじゃん。おまえ、あるの？」

マサがこたえるなり、山本くんは、ブルブルとかぶりをふりました。

「なら、なんでそんなこと、きくんだよ」

「丘野ー」

教室の向こうから、マサを呼ぶ声がしました。ボールを持ったクラスメートたちが、マサをさそっているのです。昼休みは、校庭でドッジボールをするのが、マサたちのグループの決まりでした。

マサは腰を上げかけましたが、結局「先にいってて」とことわり、山本くんに向き直りました。話を中断したくなかったのです。

「山本が生まれた国では、子どもも鉄砲うってたのかよ」

「鉄砲を、うたない」

「じゃあ、大人は」

「大人もうたない」

「日本だって同じだよ。大人も子どもも鉄砲なんかうたない」

　マサが眉をひそめました。

「でも、鉄砲はある」

「あるけど、使えるのは、お巡りさんとか、自衛隊とか、そういう人たちだけだよ」

「どうして、お巡りさんは、鉄砲をうてるのだろう」

「それは、悪いやつをつかまえるためさ」

「でも、うったら死んでしまうのではないのか」

「いきなりうったりはしないよ。悪いやつがうってきたら、うち返すんだよ」

「でもそれじゃ、悪いやつと同じでは？」

「どうして？　ちがうだろう。おまわりさんは、正義の味方だよ。悪いやつと同じわけがないだろう」

「正義の味方なら、鉄砲うっていいのか？　それで誰かが死んでしまっても、悪いやつだったら、しかたない、でいいのか？」

　マサはグッと、口ごもりました。

　たしかに、悪いやつは死んでもしかたない、という考えはらんぼうです。人の命は、みな、平等なはずではありませんか。

「悪いやつが、うってきたら、やむを得ないだろう。反撃しないと、こっちがやられちゃうんだから」

「そもそも、なぜ、銃なんてものが、あるのだ」

　山本くんの問いかけに、マサはしばらく天井を見あげ、考えました。

「それは、銃がなければ、悪いやつにおそわれた時に……」

「銃がなければ、悪いやつもおそってこないのではないだろうか？」

「それはどうかなぁ」

「そもそも、銃を発明したのはだれだ？　悪いやつか？　悪いやつが、強盗や人ごろしをするために、銃を発明したというのか」

　まさか、そんなことはないでしょう。

「じゃあ、いいやつが発明したのだな。いいやつというのは、人なんかころさないやつのことではないのか。それなのになぜ、人ごろしの道具など、発明したのだ」

「わかんないよ。先生にきいてくれ」

マサにはもうお手上げでした。

「いいやつが、まちがって発明したのが銃ではないのか。だとすれば、そんなものは、なくしてしまったほうがよいのではないのか。そうすれば、人がころされなくなるのではないのか」

結局、マサはその日、ドッジボールはしませんでした。


「ねえちゃん、おれ、山本とはなすようになったぜ」

キッチンに入るなり、おやつのプリンを食べていたおねえさんのユリに、マサはいいました。

「そう。それはよかったじゃない」

ユリがプリンから顔をあげました。

「おれの分のプリンあるよね。まさか、またおとうとのおやつにまで、手ぇだしてないよね」

ユリが無言で、冷蔵庫を指さしました。

マサは冷蔵庫から、自分の分のプリンを取りだし、ユリの正面にすわりました。

「で、どうだった？　友だちになれたの？」

「う～ん。びみょー」

マサは甘いカラメルシロップののったプリンを、口いっぱいにほお張りました。

「悪いやつじゃないんだよ。まじめで、いいやつなんだ。でもやっぱり、ちょっと変なんだ。なんか、つかれるんだ。あいつとはなしをすると」

「それは、山本くんが帰国子女だからでしょう」

確かに山本くんは、どこか遠くで生まれたようでした。でも、それだけでは説明できないようなところもあるのです。

「たとえば、今日の山本の服装だよ。あいつ、ピンクのズボンに花がらのシャツを着てた。あれ、ぜってー女物だぜ」

「何それ？」

ユリが目をまるくしました。

「そういう趣味がある人？　それとも息子にそういう格好させたいおかあさんなのかな」

そんな服装で登校してきた山本くんに、クラス全員の視線が集まりました。男子たちは「なんだよあれ！　オネエだったのかよ、あいつ」とあざけり、女子たちは、おたがいを小突き合いながら、クスクス笑っていました。

「おまえ、どうしたの？　その服」

みんなの注目をあびながら、席につく山本くんに、マサはそっとたずねました。

「新しいのを買いそろえたのだ」

いつものしれっとしたようすで、山本くんがこたえます。

「にしても、花がらにピンクってのは、ちょっとさあ……」

「ちょっと、ナンだ？」

「それ、おまえが買ったの？」

「そうだよ」


この話をすると、ユリは腕(うで)を組んで、う～んとうなりました。

「山本くんの生まれた国では、きっと男の人でも、花がらやピンクの服を身にまとうんだよ」

「そんな国、どこにあんだよ」

「どこにあるかはしらないけど、たとえば、むかしのスコットランドでは、男の人も、スカートをはいてたっていうよ。それと同じようなものなんじゃない」

「でもここは日本だぜ」

「日本では、男子が、花がらやピンクを着ちゃいけないっていう決まりでもあるの？」

「ねーけど、だれもそんな格好(かっこう)してねえじゃん」

「だれもそんな格好してないからって、いけないことだというのは、おかしくない？」

ユリが眉(まゆ)をつりあげました。

「そうだけどさあ……」

　マサはため息をつきました。

「山本にとっては、花がらのシャツも真っ白なシャツも多分、同じなんだよ。白シャツは洗たくに出してるから、代わりに花がらシャツを着てきました、的ノリなんだ」

「だとしたら、日本では、そもそも男子が花がらを着るのは、ポピュラーじゃないってことを、まず山本くんに教えてあげないと。その上で、それでも着たいのなら、本人の自由だけど」

「だれが教えるんだ？」

　ユリがテーブルから身を乗りだし、マサのひたいを人差し指でつつきました。

「またおれ？　ナンでいつもおれなの？」

「あんた、おとなりさんでしょう」

「だけど、あいつには親がいるだろう」

「親も外国生まれかもしれないし、日本のしきたりを、あたしたちみたいに知らないってことも、考えられるでしょう」

「おれに関係ねーじゃん」

　マサが口をとがらせました。

「あんた、山本くんのことが、きらいなの？」

マサは山本くんのまつ毛の長い、やさしそうな顔を思い浮かべました。

「きらいじゃないよ。だけどやっぱり、あいつ、変わってるから」

「変わってるから仲間外れにするのはよくないって、何度もいってるでしょう。外国育ちなんだから、あんたたちクラスメートがいろいろサポートしてあげないと」

「わかったよ……」

マサはユリには逆らえません。

食べ終わったプリンのカップをゴミ袋に入れようとしていたところ、玄関が開く音が聞こえました。

「なーに、あんたたち、こんなに散らかして。ちょっとこっちへ来なさい」

リビングのほうから、おかあさんの不機嫌そうな声がとどろきました。ソファや床に、マサのマンガ雑誌やら、ユリのぬいぐるみが、散らばっていたのです。

「今いく」

ユリが急いでリビングに向かいました。マサがその後につづきます。

「おかあさん、いそがしいんだから、あまり面倒をかけないでね」

リビングには買い物ぶくろを提げた、疲れ顔のおかあさんが、立っていました。

「うん。わかってる」

ユリがマサに目くばせし、二人はそそくさと、散らかったリビングの整理をはじめました。

「ユリはおねえさんなんだから、ちゃんとお手本を示さなきゃダメよ。あんたが散らかすから、マサだって真似をするんだから」

とはいえ、ユリが床に置き去りにしたのは、クマとゾウのぬいぐるみだけ。そんなものはすぐに片すことができます。

ぬいぐるみを両脇に抱え、自分の部屋に持っていったユリがリビングに戻ると、今度はダイニングのほうから声がしました。

「ほら、テーブルの上も。片づけてないじゃない。食べ終わったプリンのカップは、プラのふくろに入れておきなさい。スプーンもちゃんと洗っておきなさい」

おかあさんの声が、次第にトゲトゲしくなっていきました。

「自分だって、食器を放りっぱなしにしてるとき、あるじゃないか」

マサが小声で不平をいいました。

「おかあさん、疲れてるんだよ」とこたえたものの、ユリも、おかあさんのいい方は一方的すぎると思いました。プリンのカップを片づけようと思っていた矢先に、リビングに呼ばれたのです。

「ふたりとも、もう低学年じゃないんだから、あまりわずらわせないでね……」

おかあさんの文句はさらにつづきました。

マサはユリのいいつけ通り、山本くんに、日本のしきたりを教えることにしました。

とはいえ、花がらやピンクが、どちらかといえば女の子向けであることは、万国共通ではないかとマサは思いました。

しかし、なぜそれが女の子向けであるのか、理由はナンなのかと問われれば、よくわかりません。もし、ピンクを最初に着たのが男子で、女子が最初に身に着けたのはブルーだったら、今ごろは、男子はピンク、女子はブルーが定番カラーになっていたかもしれません。

服装のおかしさを指摘されると、山本くんの目が大きく見開かれました。

「きみたちは、色でわけられていたのか？」

「いや、そういうわけじゃないけど。お前の生まれた国では、どうなんだよ」

「色でわけられるなんてことはないよ。男も女も、好きな色を選んだ」

やはりユリがいっていたように、男がピンクや花がらを着ても、笑われない国があったようです。

「でも、ここじゃ、ちょっと変に思われるんだよ。特に今お前が着ている、黄色いバラのプリントシャツ。それはもともと、女物なんだ。ボタンの位置が逆だからな」

山本くんは、自分のシャツに目を落としました。

「ちゃんと理解したな？　でも話はこれで終わりじゃない。ここからが重要だ。とはいえ、山本がそれでも、バラのシャツを着たいのなら、おれはもう何もいわない。お前の自由だから」

山本くんは、しばし考えていました。

「男がこういう格好をすると、ろう屋に入れられたりするのだろうか？」

「まさか、それはないよ。おまえ、むずい本ばかり読んでるくせに、そんなこともわからねーの？」

「わかってはいた。でも男がピンク色や、バラのシャツを着たら変に思われることは、どの本にも書いてなかったので、念のため、きいてみたのでした」

「女物の服を着るのは、法律違反じゃねーけど、人から笑われる。まあ、笑わないやつもいるけど。たとえば、うちのねえちゃんだ」

「丘野自身はどうなのだ」

「おれは……」

マサはちょっとだけ口ごもりました。

「笑わない。どんな格好をしてようが、その人の自由だ」

「だったら、ぼくはこの格好でいます。バラのシャツ、気に入ってるんだ」

山本(やまもと)くんが、大きなひとみを細めました。

マサが外国生まれの山本くんを、サポートしてあげなければいけないことを説(と)いても、クラスの反応(はんのう)はいまいちでした。

「だって、あいつ、なんか変だし」

「いつも、女物の服着てて、キメーし」

「冗談(じょうだん)通じないし。おれらの会話についてこれないし」

クラスメートたちは、口々に山本くんの悪口を言い合いました。

今までのマサだったら、この辺りであきらめ「そうだな。やっぱりあいつ、変だから、近づくのはもうやめよう」などと考え直していたことでしょうが、今回は違(ちが)いました。

「だから、それは外国生まれだからだよ。まだ、この国でわからないことが多いんだよ」

マサは必死になって、弁明(べんめい)しました。

「だけど、あいつ、テストで満点とったじゃん」

「テストと日常(にちじょう)生活は、違うからさ」

「どう違うんだよ?」

「それは、いろいろと、違うだろう。だから、仲間に入れてやろうぜ」

クラスメートたちは、はっきりとは答えず、去っていきました。

そのうちにマサは、休み時間のドッジボールに、さそわれなくなりました。「休み時間はどうせ、山本とおしゃべりするんだろう」とささやいている声が、聞こえました。

一度マサは山本くんを連れて、むりやりドッジボールに混じってみたことがあります。ところが、みんなは山本くんにもマサにもボールを投げず、まるで二人がその場にいないかのように、ふるまいました。

このように、マサと山本くんの交流が深まるのとはうら腹に、マサの友だちは、マサから遠ざかっていったのでした。

この状況に、マサはたえられませんでした。

山本くんは変だけど、悪いやつではありません。そればかりか、はなしているうちに、優しい心を持った少年であることが、わかりました。

とはいえ、山本くんと、今までいっしょにワイワイガヤガヤ、仲よくやってきた仲間たちをてんびんにかけると、マサの心は、やはり仲間たちのほうに傾くのでした。

ある日、遊び友だちの中でも、もっとも仲のよかった、染谷譲二（ジョージ）と工藤健斗（ケント）にマサはろうかで呼びとめられました。

「おい、マサ。ちょっとこっちこい」

二人にすばやく両腕を取られ、マサは近くにあった理科準備室に連れこまれました。引き戸をしめる前に、ろうかの様子をうかがっていたジョージが、フーッとため息をもらしました。

「だいじょうぶだ。だれにも見られてない」

「なんなんだよ、二人とも」

マサがこうぎするや、ジョージとケントが、人差し指をくちびるに当てました。

「しずかにしろ。大声だすと、おれたちがここにいるのがバレる」

ケントが声を殺していいました。

「バレちゃマズいのかよ」

疑問を投げかけるマサの声も、低くなりました。

「マサとはなしてることがバレたら、おれらもハブられる」

「どうしてだよ」

理由などわかっていましたが、質問せざるをえませんでした。

「マサが山本と、同るいと思われてるから。そのマサとはなしてるおれらも、同るいと思われたら、もう仲間に入れてもらえなくなる」

「おれは、山本と同るいじゃない。だけど、山本は悪いやつじゃない。どうして、みんなあいつのことが、きらいなんだ？」

　マサが反論しました。

「きらいとか、そういうんじゃないんだよ。山本は、おれたちとは違うんだ。だから、別々に生きればいい」

　ジョージがいうと、ケントは大きくうなずきました。

「別におれたち、山本をいじめてるわけじゃない。関わりあわないだけだ。おれたちと違う人種だからな」

　関わりあわないというのは、無視するのと同じことです。ユリが無視だって、りっぱなイジメだといっていたことを、思いだしました。

「まだおそくないぞ、マサ」

　ケントが眉をひそめました。

「いいか？　よく聞け。昼休みにおれとジョージがマサをドッジボールにさそう。ぜったいにこいよ。一人でだ。山本をさそうなよ」

「おれとケントで盛り立てるから、お前は以前と同じように、ドッジで敵をやっつけまくれ。やっぱりこいつがいたほうが、ゲームはおもしろくなると、みんなに思わせるんだ」

　ジョージが言葉を継ぎました。

「マサ、おれたち、悪かったと思ってるんだよ。近ごろじゃ、お前にあいさつさえしてないモンな」

「そうそう。だからおれら、心を入れ替えて、マサをもう一度仲間にしようって、がんばることに決めたんだ」

ケントとジョージが口をそろえました。

やっぱりこいつらは、おれの友だちだったんだ。おれを、助けてくれようとしているんだ……。マサの胸がグッと熱くなりました。

でも、山本くんはどうする？　ケントとジョージは、山本くんをさそうなといいました。

マサが「だけど、山本は……」と口を開くや、二人はこわい顔をして、首をふりました。

「山本は、おれたちとは違う人種だって、いっただろ。女物のシャツとかズボンをはいてるやつとなんか、いっしょに遊びたくねーよ。山本をかばうつもりなら、もうおれたち、マサをさそわないからな」

昼休みになると、山本くんが、マサにはなしかけてきました。

マサは上の空できいていました。いつもは気にならない、山本くんのおかしな日本語が、耳ざわりにきこえます。

マサはケントとジョージが約束を守るか、とても気になっていたので、山本くんのおしゃべりにつき合うどころではなかったのです。

給食をいそいで食べ終えた男子児童たちが、黄色いドッジボールをパスしながら、教室を出ようとしています。マサは彼らのほうに、首を伸ばしました。一団の中には、ケントやジョージの姿もあります。

「お～い、マサ。ドッジ行くぞ」

約束した通り、ケントとジョージが同時に、声をかけてきました。

まわりにいた遊び仲間たちは、一瞬、おどろいた顔をしましたが、そんなことなど気にかけず、マサは「おお」と元気よくへんじをして、席を立ちました。

となりでは、山本くんがまだ何か語りかけていましたが、無視してみんなのもとに向かいました。すかさず、ケントがマサと肩を組みます。ジョージがマサにボールをパスしました。マサはボールを手にしたまま、仲間たちと昇降口にむかいました。

校庭でマサは、全力をふりしぼり、敵チームを攻撃しました。最初は、マサの参加にとまどいを見せていた児童たちも、うかうかしてはいられません。マサと真剣勝負しなければ、やられてしまいます。

マサが加わったことにより、ドッジボールの試合は、いつも以上に盛り上がりました。そして、マサのいるチームが圧勝しました。

「さすがマサ！」

「やっぱりお前がいると、サイコーだな」

ケントとジョージがマサの頭を、ぐしゃぐしゃとかき混ぜました。他のチームメートたちもやってきて、マサの健闘をたたえました。ふんいきは、マサがみんなから仲間外れにされる前と、まるで同じです。

昼休み終了のチャイムがなると、全員で、はやりのサッカーアニメの主題歌をうたいながら、教室に戻りました。


その日からマサは、いぜんの生活を取り戻しました。

休み時間には、マサの席のまわりにクラスメートの輪ができました。マサはもともと人気者です。ワイワイガヤガヤ、昨日みたお笑い番組や、学校のうわさ話に花がさきました。

しかしその輪の中に、山本くんのすがたはありませんでした。となりで騒がしくしているクラスメートたちをしり目に、山本くんは、一人読書にいそしんでいます。

マサはそんな山本くんを気にかけながらも、仲間にくわわるよう、さそうことはありませんでした。そんなことをすれば、せっかく戻ってきた仲間たちが、ふたたびはなれていってしまいます。

それに、マサたちの話題に山本くんがついてこられるとも思えません。マサたちの会話にまざることは、山本くんにとっても、苦痛だったでしょう。

とはいえ、ていねいに説明してあげたり、ゆっくりとわかりやすくしゃべってあげれば、山本くんもついてこられるはず。ユリがいっていた、サポートするとは、そういうことを指すのです。

しかし、そのためには仲間全員の協力が必要でした。

マサは、集まった仲間をグルリと見まわしました。

彼らが、協力してくれるようには思えません。マサの仲間たちが、山本くんを好いていないのはあきらかです。

……ゴメンな、山本。

マサは心の中でつぶやきました。

こうして、マサはふたたびみんなから受け入れられたのですが、同時にうしなったものもありました。

山本くんとの友情です。

山本くんは、もうマサにはなしかけようとはしませんでした。マサも、山本くんにはなしかけるのを、ためらいました。

山本くんは、自分より他のクラスメートを取ったマサに、失望したのではないか。もう二度と、口もききたくないと思っているのではないのか……。

マサの頭の中は、このような不安でいっぱいでした。

ユリに山本くんのことをきかれた時も、「まあ、そこそこ、クラスになじんできたんじゃねえの」と、お茶をにごしました。

「昼休み、学校のろうかで見かけたけど、あいかわらずカラフルな格好してたね」

ユリがひとみを輝かせました。

山本くんが今日着ていたのは、胸もとにゴージャスなフリルのついた、光沢のある真紅のブラウスです。

山本くんの独特なファッションの中でも、もっともきらびやかで、彼が朝、クラスに入ってくると、どよめきがおきました。

「ちょっと、やり過ぎじゃない」

「あれって、女の人が、特別の日に着る服だよ。ピアノの発表会とか、いとこの結婚式とか」

女子たちが、ひそひそはなしている声が、マサの耳にも届きました。

「あら、いいんじゃないの」

クラスの女子たちの反応を、マサが説明してあげると、ユリがいいました。

「優しいふんいきの山本くんには、よくにあってたし、あたし、オシャレ男子、けっこう好きだよ」

実はマサも、そのように思いはじめているのでした。

たとえば、男子のフィギュアスケートの選手などは、山本くんと似たようなコスチュームを着て、氷の上をすべっています。彼らはとてもカッコよく、美しいです。

しかし、いざそういう格好で学校にくると、「女みたい」「カッコつけすぎ」などと、冷笑されてしまうのです。クラスでは、みんなに合わせた格好をしていないと、仲間外れになりますす。

よく日も、山本くんは同じブラウスをきて登校してきました。どうやらこの格好が、とても気にいっているようです。

――そのブラウス、お前にピッタリだよ。

マサは、山本くんにこう声をかけてあげたかったのですが、そのような勇気は、やはりわきませんでした。

そして、事件はおきました。

放課後、みんなでドッジボールをして遊んだあと、下校したマサたちは、通学路にある空き地が、なにやらさわがしいことに気づきました。

ジョージとケントをともなって、いってみると、空き地に人だかりができていました。マサたちと同じ小学生です。

「おい、やべーよ、マサ」

ジョージがマサの袖を引っぱりました。

空き地にいるのは、五年三組の有名なやんちゃ坊主、岡崎玲雄（レオ）とそのとりまきたちでした。

彼らの正面には山本くんがいます。

「いこうぜ」

ジョージとケントが、退散しようとしています。学年一の乱暴者とのかかわり合いを、さけたかったのです。

どうやら、山本くんは、レオのグループにからかわれているようでした。

「こいつ、ホント、キメーな。ナンだよその格好」

レオが、山本くんのブラウスを、アゴでしゃくりました。

「こんなヒラヒラ、男はふつーきねーだろう。だれに買ってもらったんだ？　かあちゃんの趣味かよ」

　レオの仲間たちが、ケタケタと笑いました。

「ぼくが自分で買ったのだ」

　山本くんが、いつもとまるで同じ様子でこたえました。

「自分で？　これ、女物だろう。知ってて買ったのか？」

「最初は知らなかったが、今ではよく知っている。とはいいつつ、そんなことは気にせず、着ているのだ」

「お前、日本語ヘンだな。どこで生まれたの」

「遠い国で、おかあさんにより、生み落とされた」

「お前の国じゃ、男は全員そんな格好をしてるの？」

「全員ではないが、大多数の人々が、このような格好をこのむであろう」

「じゃあ、みんなオカマなんだな」

「いや、そういうことではない」

「ほんとうか？　でもお前は、オカマなんだろう」

「そうではない」

「じゃあ、しょうめいしてみろよ」

レオがニヤリとわらいました。

「そのヒラヒラを脱げよ。脱いで、すっぱだかになって、オカマじゃないことをしょうめいしてみろ」

「公衆の面前ではだかになるのは、よくない」

「だいじょうぶだよ。だれも見てねえから。見てるのはおれたちだけだから」

レオが山本くんに近づきました。

マサの心では、二つのことなった感情が、せめぎ合っていました。

一つ目は、山本くんがはだかになるのを、止めなければいけないという感情。そして、二つ目は、とはいっても、学年一の乱暴者グループにはむかうのは、こわいという感情。

おまけに相手は複数です。ジョージとケントは、いつの間にかいなくなってしまいました。

「さあ、早く脱げよ」

レオが山本くんのブラウスに、腕をのばしました。

「やめてくれ。やぶれてしまう」

「やぶかれたくなかったら、自分で脱げ。そのスカパンみてえな、ヘンなズボンもだぞ」

レオが、一歩さがって腕を組み、またニヤリとわらいました。とりまきたちも、まるでレオをコピーしたように、口もとをみにくくゆがめ、ほくそ笑んでいます。

山本くんが、ブラウスのボタンに手をかけた時、マサは思わず「やめろ！」と声を上げていました。

レオととりまきたちが、いっせいにこちらをふり向き、眉を寄せた時、マサは大変なことをしてしまったことに気づきました。

「だれだよ、こいつ」

レオが野太い声で、たずねました。

「一組の丘野だよ。そのヒラヒラオカマと同じクラス」

とりまきのひとりが、いいました。

「お前、この外人の友だちか？」

レオがマサに近より、顔面をヌッとつき出しました。

大がらなレオは、マサより頭ひとつ背が高く、骨太のがっしりした体格をしています。中学生といつわっても、みな信じたことでしょう。

顔がくっつきそうになるくらいの距離で、目の玉をひんむいているレオにたえきれず、マサは目をふせました。

「お前、こいつをたすけにきたんだろう」

マサはだまったまま、じっと地面を見つめていました。

「どうしたんだよ。急にだまりこくって。ナンだよ。文句があるならいってみろよ」

それでもマサがだまっていると、レオがマサの頭を、パンと、手のひらではたきました。

「顔あげろよ。おれの顔、見れねーのかよ」

レオがまたマサをはたきました。強い力ではなかったのですが、精神的なくつじょくは相当なものです。とりまきたちのあざ笑う声が、聞こえました。

みたび、頭をはたかれた時、マサは両腕で、レオの胸を突きました。体重の重いレオは、半歩うしろに下がっただけでしたが、顔色はあきらかに変わりました。

「やる気かよ」

レオの細い目が、さらに細くなり、眉間に縦じわが寄りました。えものを前にした、ヒグマのような顔つきです。

マサはからだを低くして、臨戦たいせいを取りました。こうなったらもう、やるしかありません。

「やめてくれ！」

とどろくような声にふりかえると、山本くんがこわい顔をして、マサとレオを見ていました。

「暴力はよくない。ぼくは、服を脱ぐだろう。まっていてくれたまえ」

山本くんが、ブラウスのボタンをはずしはじめました。

「よせ、山本！」

マサが声を荒らげました。

「ぼくが服を脱げば、すべて解決するであろう。そんなの、かんたんなことじゃないか」

「やめろよ。ナンで、お前がはだかにならなきゃいけないんだ！　そんなの、おかしいだろう。くやしくないのか？」

最後のほうは、ほとんど涙声でさけんでいました。

「くやしくなどない。この児童は、ぼくが服を脱ぐことをもとめている。そうすれば、暴力はふるわないであろう」

「さあ、それはどうかな？」

レオが鼻をならしました。

「ちょっと、あんたたち、そこでなにやってるの」

聞きおぼえのある声に、マサはギョッとなりました。ユリです。ケントとジョージをしたがえたユリが、空き地の入り口に立っていました。

——ナンで、ねえちゃんを連れてきたんだ？

問いかける目線でケントを見ると、

「せ、先生を呼ぼうと思ったけど、とちゅうでユリさんに出会って……」

ケントが、もぞもぞといいました。

「何だかすごく、あせった顔して走ってきたから、呼(よ)び止めて、どうしたのかきいたのよ。そしたら、空き地であんたたちが、イジメられてるっていうから」

ユリがケントのあとを引きつぎました。

「イジメられてなんかいねーよ」

マサは強い口調でひていしました。

もう低学年ではないですから、弟のけんかにお姉さんがでてくるのは、はずかしいものです。

「いこうぜ」

レオが、仲間たちに声をかけました。

とりまきたちを引き連れ、ぞろぞろと空き地をでる時、レオはマサをふり向き、ニヤリと口(こう)角(かく)を上げました。その笑いが何をしめすのか、マサにはわかりませんでした。

ともあれ、口にこそ出さなかったですが、マサはユリに感謝(かんしゃ)していました。

ユリが来てくれなかったら、今ごろどうなっていたか、わかったものではありません。山本くんは、すっぱだかにされ、マサは目のまわりに青あざをつくって、地面に伸(の)びていたことでしょう。

それに、逃(に)げていったと思っていたケントとジョージが戻(もど)ってきてくれたのは、うれしいおどろきでした。やっぱり二人は仲間だったのだと、あらためてマサは思いました。

「きみ、山本くんだよね」

ユリが親しげに、山本くんにはなしかけました。

「時々、学校のろうかで見かけるよ。近くで見ると、ホント、おしゃれなんだね。その服、すごくにあってるよ」

「そうですか。お恥ずかしゅうございます。おじょうさんの、その水色の上着も、とてもにあっているように、見受けられます」

プッとユリがふきだしました。

「これ？」

ユリが着ていた上っ張りのそでを、つまんでみせました。

「こんなジャージ、安物だよ。近所のスーパーで買ったんだよ。それにしても山本くん、ずいぶんていねいな言葉でしゃべるんだね。マサに見ならわせたいくらいだわ。いつもそんな風にしゃべるの？」

「女のかたとしゃべるのは、はじめてでございまして、緊張しているのではないのかと、思われます」

ユリがまたふきだしました。

「緊張なんかしなくていいよ。あたしは、こわい人じゃないし」

いや、じゅうぶんこわいぞ、と、マサは心の中でつぶやきました。

「山本くんのていねい言葉はきらいじゃないけど、もっとカジュアルにしゃべろうよ。あんた、下の名前、なんていうの？」

「次郎でございまする」

「じゃあ、今度からあんたのこと、ジローくんって呼ぶから」

ユリはマサやケントたちに視線をうつしました。

「あんたたち。ジローくんと仲よくしてあげなきゃダメよ」

わかってるよ、と、マサが口を開きかけた時、「それはだいじょうぶです」とジローが先にこたえました。

「彼らは、ぼくをたすけてくれました。彼らはぼくにとって、かけがえのない友だちです」

ジローに「かけがえのない友だち」と呼ばれ、マサは、こそばゆい思いをしました。

いったんは、歩みよってみたものの、マリはふたたび、ジローを遠ざけたのです。ジローよりも、クラスの仲間を優先したのでした。仲間たちは、ジローのことが嫌いだと思っていたからです。

しかし、本当にそうだったのでしょうか。

この点について、マサは、ジョージとケントに質してみました。

「もし、あの場におれがいなくて、ジョージとジローとレオたちだけだったとしたら、お前たち、先生を呼びにいってた？」

ケントとジョージは、う～んとうなった後、「呼びにいってたと思う」と、口をそろえました。

「レオは危ないやつだし、ジローがはだかにされちゃうのは、やっぱ、かわいそうだもん」

とはいえ、ジローのことが本当に嫌いなら、ザマー見ろと、ほうっておくはずです。

「嫌いというわけじゃ、ないんだよな～……」

ケントが考えています。

「なら、ナンだよ」

マサがつめ寄りました。

「おれたちと、違うところが、ちょっと……」

「でも、違うっていえば、おれとケントだって違うじゃん。ジョージとおれは、もっと趣味、違うと思うし」

ケントは、お父さんの影響から、野球が好きでしたが、マサは野球よりサッカーに夢中でした。ジョージは、ラジコン模型を組み立てるのが得意でしたが、ぶきようなマサは、工作が大のにがてでした。

「ケントはおれに、野球好きになれっていわないし、おれはジョージみたいに、模型を組み立てようとは思わねーし。それでも、三人仲いいじゃん。そういうモンなんじゃないの？」

ケントとジョージはしばらく考えていましたが、やがて、コクリとうなずきました。

「だから、ジローだってあのままでいいんだ。ありのままのジローと、友だちになろうぜ」

レオたちとの事件があった翌日から、ふたたびマサは、ジローにはなしかけるようになりました。一時は、マサと距離をおいていたジローも、積極的に会話におうじました。

これに、ジョージやケントもくわわり、ジローのまわりは、かつてなかったほどの、にぎわいを見せました。

ジローは、学校の勉強以外では、しらないことがたくさんありました。

小学生のあいだではやっているカードゲームのこととか、みんなが見ているテレビ番組、マンガなどのことです。

ジローはひとみを輝かせながら、いろいろなことを聞いてきました。反対に、マサたちがジローの国のことについて質問すると、興味深いはなしをたくさんしてくれました。

ジローの国では、みんな幸福で、貧富の差がないというのです。

それ以外にも、

道ばたでとつぜん誰（だれ）かがたおれたら、その場にいた通行人全員が、かけよって来て、介抱（かいほう）してくれる。

けんかをしている人を、見たことがない。事件（じけん）もほとんどおこらない。だから警察官（けいさつかん）はもっともひまな職業（しょくぎょう）。

男も女も、大人も子どもも、みな平等である……などなど。

「ほんとうかよ？」

マサたちは目を丸くしました。

「ジローの国っていったいどこなの？」

質問しても、ジローはこたえてくれません。

「アメリカだろう」

ケントがいうと、ジョージが首を横にふりました。

「ちがうよ。アメリカは強いものが勝つ国だろう。デンマークとかじゃね」

ジローは、あいまいにほほ笑（え）みながら、「遠い遠い国だよ」とだけこたえました。

ケントもジョージも、ジローとはなすのは楽しいといいます。

自分たちと違うからといって、無視するのではなく、逆に歩みよれば、ちゃんと理解しあえるのです。どうしてもっと早くジローと仲よくできなかったのだろうと、ケントもジョージも後悔しました。

他のクラスメートたちは、この状況を、いっていの距離をおいて見守っていたのですが、じょじょにマサたちの会話にくわわるようになりました。

そしてみんなで、ジローを、ドッジボールの仲間に入れてあげることにしました。

ジローは、すぐボールに当たってしまうし、投げたボールは、いつもあさっての方向へ飛んでいってしまいます。

それでも投げやりにならず、がんばったので、マサたちはジローに投球のしかたや、ボールの取り方を、手とり足とりおしえました。

そのかいあって、不器用だったジローが、はじめて敵にボールを当てたときは、その場にいた全員が、飛びあがって、かん声をあげました。敵チームの人間までが「ジロー、よくやったぞ！」と、ジローのプレーを賞賛しました。

そして、ジローがクラスに溶け込めたのを待っていたかのように、楽しい夏休みがはじまったのでした。

2 叔父(おじ)さんの謎(なぞ)

さて、ここでいったん、ユリやマサやジローからはなれ、別の人物のはなしをしようと思います。

ユリとマサのおかあさんの弟、つまり二人の叔父さんにあたる石田剛志(たけし)（タケシ）という人の、はなしです。丘野(おかの)家の親せきですから、いずれ、ユリやマサの物語にも登場します。

どのような登場のしかたをするのか？

それは、今後のお楽しみです。

ある日、タケシが街中(まちなか)を歩いていると、向こうから見知った顔が、近づいてくるのに気づきました。タケシのおねえさん、つまりユリとマサの母親、丘野一枝(おかのかずえ)（カズエ）です。

鉛(なまり)のくつをはいているような、重い足取りで、目の前を通り過(す)ぎようとするので、あわててタケシは「ねえさん」と声をかけました。

顔を上げたカズエは、やつれた顔をしていました。目の下にくまができ、いぜんはふっくらしていたほおが、こけています。

どうしたの、ねえさん？　その顔……と言葉がでそうになりましたが、結局ひっこめました。何だか、聞いてはいけないような気がしたのです。

「ああ、タケシ。ひさしぶりね。今日はお仕事、やすみ？」

カズエがたずねました。

「いや。仕事中だよ。外出先から戻るところなんだ。ホント、ひさしぶりだね。ちょっとやせた？」

あたりさわりのないように、タケシがたずねると、カズエが大きなため息をつきました。

第一章では、マサやユリのことをガミガミしかっていたカズエだったのに、この元気のなさは、いったいどうしたことでしょう。

「やせたわよ。三キロ。まあ、お腹のあたりがスッキリしたのは、うれしいけど。あんた、今ちょっと、時間ない？」

タケシは腕時計を確認し、「いいよ。少しだけなら」とこたえました。

二人は、近くにあった喫茶店に入りました。

席につくやいなや、カズエはせきを切ったように、はなしはじめました。

カズエの義母、つまりユリとマサの父方のおばあさんの介護で、毎日大変だというのです。

「昭（アキラ）義兄さんのおかあさん、病気だったの？」

昭義兄さんというのは、カズエの夫でユリとマサのおとうさん、丘野昭のことです。

「病気じゃないの。階段から足をふみはずして、転とうしちゃって、今は車椅子なの。お買い物も家事もまんぞくにできないから、誰かがサポートしてあげないと、いけないのよ。でもねえ……」

カズエは、お義母さんには、アキラも含め、実の子どもが三人いるといいます。アキラの兄と妹です。

ところがこの兄妹、実のおかあさんが困っているにもかかわらず、面倒を見にこないというのです。

「二人とも遠くに住んでいるからって理由で、ちっとも助けにきてくれないのよ。遠くに住んでいても、土日の休みくらいは、泊りがけでこられるはずでしょう。でも、子どもの塾の送りむかえでいそがしいとか、土曜日は自治会の集まりがあるとか、いろいろ理由をつけて、こようとしないの。本当につめたい兄妹なのよ」

カズエが文句をいうのもむりはないと、タケシは思いました。親の介護は、本来、実のむすこやむすめが、おこなうものではないでしょうか。

「アキラ義兄さんは、どうしてるんだ」

　アキラも実のむすこです。

「おとうさんはね、仕事がいそがしいんだって」

　カズエは鼻をならしました。

「民間企業は、不況でどこも大変らしいから。そこへいくと、公務員はいいわねえ」

　カズエがタケシを、うらやましげに見つめました。タケシは、東京都につとめている公務員です。

「公務員だって、今はたいへんだよ。でも、アキラ義兄さん、手伝ってくれればいいのにね。実の母親が、大けがをしたんだから」

「少しだけど、手伝ってはくれるのよ。でも、あの人にとっては、実の母親より、仕事のほうがだいじみたい。めいわくかけて、すまんって、あやまってはくれるけどね。

　近ごろ余裕がなくて、なんだか怒りっぽくなったような気がするの。ユリにもマサにも、ついガミガミいっちゃうし。ユリはともかく、マサはお片づけができないから。部屋中ちらかしたままで、友だちと遊びにいっちゃうし」

「そういう年齢なんだから。マサは、元気がよくて、いい子だよ」

「そうね。いい子よ。マサもユリも。あんたも、早くいい人見つけて、落ち着いたらどうなの。

子どもは若いころに、作ったほうがいいのよ」

いきなりこんなことをいわれ、タケシはにがわらいしました。タケシは三十五さいで、まだ独身です。

家庭を持つのは、いろいろたいへんそうですが、同時におもしろそうでもあります。いずれにせよ、人間はひとりでは生きていけません。

「あんたにグチをこぼしたら、ちょっと元気が出たわ」

カズエがバッグを手にとり、立ち上がりました。

「たまにはうちのほうにも、顔を出しなさい。ごはんくらい作ってあげるから」

「だってねえさん、いそがしいんだろう」

「いそがしいけど、だいじょうぶよ。マサもユリも、タケシのこと好きみたいだし」

「わかった、ねえさん。こんどぜひ、寄らせてもらうよ」


カズエと別れたタケシは、とあるビルの中に入っていきました。

コード番号をおし、最初のとびらを開けると、二番目のとびらのわきにあった機械に、ひとさし指を当てます。機械は、タケシの指もんを認証しました。

二番目のとびらが開き、エントランスに入るや、受付にいた守衛が、タケシに向かって小さくけい礼をします。

タケシはけい礼を返しながら、受付のわきを通り抜けました。

ろうかを真っ直ぐいくと、やがて銀色にかがやく、がんじょうそうなエレベーターが見えてきました。

エレベーターに乗り込み、コントロールパネルにある、眼球認証システムにひとみをかざすと、機械がタケシを認識し、エレベーターはこう下をはじめました。

パネル上では、地下は二かいまでのボタンしかありませんが、地下二かいをすぎても、エレベーターはとまることなく、おりていきました。

いったいタケシは、どこへ何をしにいこうとしているのでしょう。

地下ふかいところでとまったエレベーターが開くと、そこは、学校の教室よりややせまい、会議室のようなところでした。だ円けいのテーブルに椅子がならべられ、正面には巨大なスクリーンがあります。人はいません。

タケシは、スクリーンからいちばん遠い席にすわって、カバンから書類をだし、テーブルの上に広げました。しばらくすると、エレベーターが開き、つぎつぎに人がでてきました。

背広すがたの男の人たちで、全員がタケシより年配です。さいごに現れた人物が、スクリーンの前の席におさまり、「さて、ではいじめようか」と一同を見わたし、いいました。

この人物は、内閣総理大臣、後白河和正でした。

後白河首相のとなりには、官房長官、そのまたとなりには、防衛大臣がひかえています。政府の要人がこれだけそろう重要会議に、タケシは出席しているのです。タケシは都庁につとめるふつうの公務員のはずなのに、これはいったいどういうことなのでしょう。

実は、都庁の公務員というのは、タケシの本当のすがたではないのです。公務員にはちがいないものの、タケシがになっている仕事は、国の重要機密にかかわるものでした。

タケシは、内閣特別秘密調査室に属する捜査官、わかりやすくいえば、スパイだったのです。

「『彼ら』とはいったい、なにものなんだ」

後白河首相が、一同に質しました。

「わたしはA国のスパイだと思います」

だれかが、こたえると、別の声が「そうかな。ぼくはB国だと、確信があるけどね」と反論しました。

いや、C国ではないのか、という声も上がり、会議室の中は、ガヤガヤとさわがしくなりました。

「ようするに、まだわからんということだ」

首相がややイラだった声でいうと、全員が口をつぐみました。

「『彼ら』の正体をいっこくも早く、つきとめねばならん。さもなくば、国民にひがいが及ぶ」

『彼ら』とは、いわゆるテロリストのことです。テロリストは、無さべつにいっぱん人を攻撃します。

つい先日、東京で大きなマラソン大会がありましたが、その際『彼ら』は沿道に時限爆弾をしかけたのです。

さいわい、まわりにあまり人がいなかったので、大事にはいたらなかったのですが、これが人ごみの中でおきていたらと思うと、背すじがさむくなります。

「『彼ら』のアジトを、つきとめました」

今までだまっていたタケシが、はじめて口を開きました。一同が、タケシに注目します。

「本当か？　石田くん」

首相がたずねると、タケシは力強くうなずきました。

「確かなすじから入った情報です。まちがいありません」

「そうか。それでは、さっそくアジトに突入するんだ」

「はっ」

タケシは背筋を伸ばしました。

「速やかに『彼ら』をつかまえろ。抵抗したら、発砲してもかまわん」

「わかりました」

「では、これにてわたしは失礼する」

首相がいすを引きました。一国の首相というのは、とにかくいそがしいのです。

「たのんだぞ、石田くん」

後白河首相が太い眉をつり上げ、タケシを見すえました。

「おまかせください」

タケシは立ち上がり、胸をはってこたえました。


それから数日たった夜。タケシは、武装した隊員たちといっしょに、郊外にある、今は使われていない古いビルのかげに身をひそめていました。

目指すはビルの最上階。そこに『彼ら』のアジトがあるのです。

最上階のまどにだけ、明かりがともっていました。『彼ら』がまたテロの計画をねっているのでしょうか。だとすれば、早急にそししなければなりません。

しかし……。

タケシは深呼吸し、首のストレッチをしました。

タケシは『彼ら』の行動を、もう少し監視しようと思っていたのです。爆弾テロ事件は、『彼ら』のしわざといわれているものの、決定的なしょうこはありません。『彼ら』が何者で、なぜあんなことをしたのか、明らかになるまでは、突入などするつもりはなかったのですが、速やかにつかまえよ、というのが首相の命令でした。

犠牲者が出てからではおそいのです。悪の芽は早めにつんでおけ、という考え方にも一理あります。

「隊長。ご指示を」

タケシの部下が、つめよりました。後藤という、隊の中でもいちばん若くて元気のいい青年です。早く突入したいと、気が急いているのでしょう。

「少し、待て」

タケシが、低い声でこたえました。

実は武器を持って突入するのは、これがはじめてだったのです。突入隊の全員がそうでした。

訓練では、何度もやってきたことが、今回はじめて現実となるのです。

訓練通りにやればいいとはいえ、訓練では人は死にません。しかし、現実には敵が攻撃してきたら、タケシたちは命の危険にさらされます。

タケシを急かす、この元気のいい若者も、敵の凶弾をうけ、まだこれからという人生を終えてしまうかもしれません。

とはいえ、ここで足ぶみをしていては、新たなテロが起き、今度こそ多くの国民が、ぎせいになるきけん性があるのです。

見あげると、相変わらず最上階には明かりがともっています。『彼ら』がまだ中にいることはあきらかです。

よし……。

タケシは腰につけたけん銃のグリップを、強くにぎりしめました。

「みんな、わたしについてこい」

タケシは、今まで一度たりとも生身の人間をうったことのない銃をかまえ、ビルの中に突入しました。防弾チョッキにヘルメット姿の部下たちが、タケシの後に続きます。

すばやくエレベーターに乗りこむと、最上階のボタンを押しました。せまいエレベーターのあちこちから、荒い呼吸が聞こえてきます。みな緊張しているのです。

最上階でとまったエレベーターの扉が開くや、タケシは真っ先に、ろうかに飛び出しました。

目指すは正面の部屋。そこが『彼ら』のアジトです。

ドアノブに手をかけると、かぎがかかっていました。すかさず、銃口をかぎ穴に向けました。

　バンッ！

　大きな、発砲音がとどろき、火薬のにおいが辺りに立ち上ります。

　ドアをけ破り、タケシたちは部屋の中に突入しました。

　小さな事務所のようなところでした。いくつかの机や椅子が置いてありますが、人のいる気配はありません。明かりも消えています。

「隊長」

　部下のひとりが、反対がわにあったドアのほうを、あごでしゃくりました。ドアのすりガラスから、明かりがもれています。向こうの部屋には人がいるしょうこです。

　タケシは小さく深呼吸しました。

　そろそろと事務所を横ぎり、全員でドアの前をかためました。隊員の一人が、ドアノブに手をかけます。

　タケシが合図を送ると、ドアが勢いよく開けはなたれました。

「動くなっ！」

　部屋の真ん中には会議テーブルがあり、二人の男がすわっていました。

「両手をあげろ！」

タケシが銃口を向け、命令しました。

男たちはゆっくりと、タケシをふり向きました。その表情に、タケシはいっしゅん、ゾッとしました。男たちのひとみには、まるで感情が宿っていなかったのです。

「手をあげろといったはずだ、聞こえないのか！」

先ほどタケシを急かした後藤が、男たちに銃口をつきつけました。

ところがあいかわらず、男たちは空洞のようなひとみでタケシたちを見ているだけで、いっこうに手を上げる気配を見せません。

「きさまらっ！」

後藤が銃をかまえたまま、前進しました。

「よせ、後藤！」

タケシが制止したにもかかわらず、男たちに近づいた後藤は、やがて足を止め、「何だ、お前たちは……」とつぶやきました。

男の一人がゆっくりと口を開きました。

「やっとここを見つけたか。ノロマめ」

男の声は、できの悪い機械から発せられた、音声のようでした。

「お前たちは何者だ。A国のテロリストか？」

タケシが質すと、男が「そう思うのなら、そうだろう」と、人を食ったようにこたえました。

「ふざけてるのか。さあ、両手を後ろに組んで、床にふせろ」

タケシが命令しても、男たちは一向に動こうとしません。

これではらちが明かないので、タケシは後藤に合図をおくりました。後藤がうなずき、男たちが武器をけいたいしていないか検査します。

「OKです」

男たちは、武器を所持してはいませんでした。

「いっしょに来てもらうぞ。聞きたいことが山ほどある」

隊員たちが男の手を取り、手じょうをかけようとしたその時――。

「わははははははっ」

二人の男が、突然大声で笑いだしました。と、同時にどこからか、シューシューと音がして、辺りにけむりが充満しました。

「全員退避っ！」

タケシが、ハンカチで口をおさえ、さけびました。

隊員たちが、出口に向かって突進しました。廊下に出ると、今度は、階段をめざして一目散に走ります。

階段をかけおりている最中、いつ爆発が起きるのかと、背筋がこおる思いでした。やっとの思いでビルを飛び出た隊員たちは、大通りを横ぎり、向かいの建物の陰に身をひそめました。

しかし、いつまでたっても、爆発も火災も起きません。

……しまった。

タケシは来た道を戻りました。隊員たちが、タケシの背中を追います。

階段をかけのぼり、荒い息をはきながら、アジトの扉をけ破ると、中はすでにもぬけの殻でした。充満していたけむりも、今ではすっかり消えうせています。

「にげられたか……」

「隊長」

後藤がタケシの前に歩みでました。

「あの男たち、本当に、人間だったのでしょうか?」

「人間には見えなかったというのか?」

タケシは、はじめて目にした時の、男たちのようすを思い浮かべました。感情のまるでこもっていなかったひとみは、確かに人間のものとは思えませんでした。

「近づいてみると、まるで精巧なろう人形のようでした。ところがやつらのからだに触れたら、ちゃんと体温がありました。皮膚の感じも、われわれと同じでした」

「じゃあ、やはり人間じゃないか」

「いや……」

後藤は、小さくかぶりをふりました。

「ちがうと思います。変な声でしゃべっていたでしょう。何だか、とても人工的な声でした」

「まさかロボットということはないだろう」

ロボット工学は進歩しているとはいえ、あそこまで精密なロボットをつくる技術は、まだどこの国も保持していないはずです。

「ところで、後藤」

タケシは若い部下を見すえました。

「先ほど、わたしは、よせといったはずだ。にもかかわらず、お前は敵に近づいていった」

戦闘隊では、隊長の命令はぜったいです。さもなければ、隊の全員が危険にさらされることもあるからです。

「申しわけありません、隊長」

後藤は背筋をピンとのばし、頭をさげました。

3　夏の日のできごと

さて、ここでまたユリとマサ、そしてジローのはなしに戻ります。

夏休みに入ってほどなく、ユリがあそびに行こうとするマサをつかまえ、ジローはどうしているのかとたずねました。

「ジロー？　しらねーよ。休みになってから会ってない」

「ダメじゃん、それじゃ」

ユリが眉をひそめました。

「休みになったからって、もう会わないっていうのは、つめたすぎない？　あの子にとって、日本ではじめての夏なんでしょう」

「そうだと思うけど」

「ひとりでたいくつしてると思うよ。せっかくクラスのみんなと仲よくなれたっていうのに」

「でも、あいつにだって親はいるだろう。きっと親子で仲良くすごしてるよ」

「親と友だちは別でしょう。ねえ、ジローをうちに呼んであげなよ」

「いいけどさ。うちで何するの」

「いろいろ日本のことを、教えてあげるのよ」

――それって、ちょっとおせっかいなんじゃねえか?

マサは心の中でつぶやきました。

でもユリは、いいだしたら聞かない性格です。ユリは、ともかくジローをかまってあげたいようでした。

「だけどさあ、あいつ、塾とかいって、いそがしいかもしれねーぜ。なにせ、勉強大好きなやつだから」

「電話してみなよ。番号しってるでしょう」

ジローの自宅の電話番号は、クラスの名簿にのっています。しかたなくマサはジローの家に電話をかけてみました。

呼び出し音が一回なっただけで、ジローはすぐに電話にでました。

「やあ、マサ。ひさしぶりではないか」

夏休みに入ってから、まだそれほどたっていないのに、ひさしぶりというのは、なんだかオーバーな気がしました。

「ジロー、今なにやってんの？」

「本をよんでいたよ」

「いそがしいのか？」

「そんなことはない。時間ならたっぷりある。なにせ、学校がないからな」

「塾の夏期講習とか、いかねーの？」

「塾か。そういうのも、あったね。いってはいない。なぜならぼくは、学校の授業だけで、勉強はじゅうぶんだと思うからだ」

「じゃあさ、今からおれんち、こねえ」

　いく、と、即座にジローはこたえました。もしかしたら、ジローはこうしてマサが連絡するのを、ひたすらまっていたのかもしれません。

　まだかまだかと、まちこがれる日々が、とても長く感じられたのでしょう。だから「ひさしぶり」などと、電話にでるなり、いったのです。

「おれの家、しってる？　仲町交番のよこの道をまっすぐいって……」

「しってるよ。心配しないでくれたまえ。いまから五分でそちらにつくであろう。では、楽しみにまっていろ」

　あいかわらず、少しおかしな日本語でこうしめくくり、ジローは電話を切りました。

「ジロー、くるってさ」

「ほらね」

ユリがひとみを輝かせました。

「ねえちゃんてさ……」

もしかしてジローのこと、好きなんじゃね、ということばをグッと飲みこみました。そうでなければ、ユリがこれほどジローのことを気にかける理由が、わかりません。

「なによ?」

ユリが、ジロリとマサを見ました。

「いや……あのさ、ジローがくるのはいいけど、なにしてあそぶんだ? ああ、日本のこと、教えてやるんだったな。でも、ズバリ、どんなことを教えるの? あいつ、本ばっかり読んでるから、けっこう物知りだぜ。日本のことだって、おれたちが思ってる以上に、しってるかもしんねーし」

「そうよねえ……」

ユリは考えこみました。

「いちばんいいのは、日本の家庭料理を食べさせてあげることなんだけどね。おかあさん、作ってくれるかな」

ユリとマサの母親、カズエは2章で見たとおり、義母の介護で、毎日いそがしくしています。時おり、子どもたちを必要以上にしかってしまうほど、よゆうをなくしていました。

電話を切ってから、きっちり五分後にあらわれたジローは、いつものガーリーな服とはうって変わって、白のランニングシャツにこん色の短パンという、まるでマラソンランナーのようないでたちをしていました。

「お前がそういうかっこう、好きとはしらなかったぜ」

マサが目を見はりました。

「じつは、ピンクの、ヒラヒラがたくさんついたミニのワンピースを買おうと思ったんだが、店の人にとめられてしまった。で、男の子は、それよりこっちのほうがいいといわれ、きのう買ったのだ」

マサとユリは、ゲラゲラと大笑いしました。

「お店の人が正解。男の子が女の子の服を着ることに反対はしないけど、フリルのついたミニワンピは、やり過ぎだから」

ユリがいいました。

「そうですか。日本の夏はあついので、スースーする服がいいと思ったのですが」

ジローはユリには、敬語ではなします。

「パンツ見えちゃうだろう。はずかしくないのかよ、ジロー」

マサがいうと、ジローは首をふりました。

「それは、女子も同じだと思うが。でもまあ、ワンピースにはもうこだわらないだろう。このかっこうも悪くない。ぼくのような男子には、ピンクや花柄より、こういう服のほうが、ふさわしいという感覚が、じょじょに育まれつつあるような気がする」

「ジローの日本語、いちいちまわりくどいんだよな。ミニワンピより、ランニングに短パンのほうが好きになった、っていえばすむことだよ」

「では、そういうことにしよう」

「ところでさ、家の中にとじこもってるのもナンだから、みんなで表でない？」

ユリが提案しました。

「いいけどさ。ジローにいろいろ日本のこと、おしえてやるんじゃなかったの？」

「社会科見学をしようと思って。本を読むより、じっさいに見て学んだほうがいいでしょう。ねえジロー」

ユリが同意をもとめると、ジローがカクカク首を上下させました。

「いきましょう。ぼくは、学校と本屋さん以外、出かけたことがないのです。ああ、それから、近ごろでは、洋服屋さんにもいくようになりましたけど」

「じゃあ決まりね」

三人は、連れだって表にでました。

雲ひとつない青い空には、太陽がさんさんと輝いています。大きな麦わら帽をかぶった近所のおばさんが、ホースで庭に水をまいていました。アブラゼミのなき声が、そこかしこから聞こえてきます。

ここは、東京の郊外。

住宅街の合間に昔ながらの田んぼや畑が残る、緑ゆたかな町です。

「これが田んぼ。お米を作るところだよ。ジローの国にはあった？」

ユリが、眼前にひろがる、青々としげった稲に目をほそめました。

「いいえ。わが国にはございません。これが、田んぼというやつだったのですね。近所に住んでいたのに、気づかなかった」

「本ばっか読んでてもダメなんだよ。やっぱ、ホンモノを見ないとな」

マサがややじまん気にいいました。

「お米が、日本の主食ですよね」

ジローが質問します。

「そうだよ」

「こういう田んぼは、あちこちにあるのでしょう?」

「そうね。日本全国、どこにでもあると思う。ここは都会の田んぼだから、サイズは小さめだけど、いなかなんかいったら、もう田んぼだらけだよ」

ユリがこたえました。

「おかしいですねえ」

ジローが眉(まゆ)をひそめました。

「それだけ広い土地で、お米を作っていたら、飢(う)えなどという問題はないはずですが、あるんでしょう。本でよみましたよ」

「それは、アフリカとか、そういう国のはなしでしょう」

ユリが聞き返しました。

「アフリカもそうですが、日本でもあるときききました。おにぎりが食べたいと、遺言(ゆいごん)を残して、飢(う)え死(じ)にした人のはなし、しりませんか?」

「本当かよ?」

マサが目を丸くしました。

「本当だよ、マサ。ニュースでもやっていたぞ」

確かに日本でも、貧困にあえぐ人はいます。

「できたお米をわけてあげたら、飢え死にする人はいなくなるはずだが、そういう風にはなっていないのだろうか？」

「米は売り物だからね。びんぼうな人はお金がないから、買えないんだよ」

「それは、びんぼう人は死んでもしかたがないという、意味なのだろうか？」

「んなこといってねーよ。オメー、極端なんだよ」

マサが眉間にしわをよせました。

「みんながお金はらって米買ってるのに、はらわないやつがいたら不公平じゃんか」

「ならば、みんなお金をはらわずに、米をもらえるようにすればよい」

「そりゃ、おかしいだろう」

「どこがどうおかしいのだ」

マサは、グッと言葉につまりました。

どこが、どうおかしいのか、大人ならきちんと説明できるのでしょうが、マサには荷が重すぎます。

助けをもとめるように、ユリを見ました。ユリはまぶしい太陽を見あげ、何やら考えていました。

「ジローのいってること、わかる。あたし、何かのテレビ番組で観たことあるもの。野菜とかお米は、作りすぎたら、すてられてるんだって。すてるくらいなら、びんぼうな人にわけてあげたほうが、いいに決まってる。日本だけじゃなくて、世界中の飢えに苦しんでいる人にわけてあげればいい。そうすれば貧困の問題は、きっとかいけつするもの」

「まあ、そりゃそうだけどさ……」

マサも、認めざるをえませんでした。

「じゃあジローの国じゃ、貧困とか、そういう問題はねえの？　みんなお腹いっぱい食べられて、しあわせなの？」

「ああ、その通りだよ。前にも説明したではないか」

ジローは即座にこたえました。

三人は、田んぼのあぜを通って、大通りにでました。

ここからはまた、住宅街が広がっています。公園のトイレに、ジローが入っていったのを見計らって、マサがユリにはなしかけました。

「あいつ、いったいどこの国からきたんだろうな」

「きいたこと、ないの？」

「あるよ。だけど、ハッキリとこたえてはくれねーんだ」

「貧困のない国って、いったいどこなんだろう。先進国だって、そういう国は、めずらしいんじゃない？」

「ジローの国にないのは、貧困だけじゃねーぜ。犯罪もないらしいんだ。だから警察官はもっともひまな職業だってさ」

「すごいねえ。あたしもそんな国にすんでみたい。いったいどこの国なのかな」

　トイレから出てきたジローをつかまえ、ユリはジローの生まれた国はどこかと質問しました。

「遠い遠い国です」

　ジローはほほ笑みながら、いつものように、あいまいにこたえました。

「それじゃわからないじゃない。ヒントぐらいちょうだいよ。ヨーロッパ？　それともアジア？　まさかロシアとか……？」

　ユリはねばりました。

「いずれ、おこたえするでしょう。今は、しばらくお待ちください」

　三人が次に向かったのは、地区センターです。

　しかし、地区センターに行くといいだしたユリに、最初マサはかぶりをふりました。

「どうして、イヤなのよ。あんたがいつもいっているところじゃない。ジローを連れていきたくないの？」

ユリが問いただしました。

「いや、そういうわけじゃねえけど……」

「じゃあ、いいじゃない。いこう。ジロー」

しぶしぶながら、マサはユリにしたがいました。

地区センターというのは、図書室や会議室、体育室などがあり、お料理やヨガ教室などの講座もある、市民のレクリエーションしせつです。

「まずこの入館カードに記入するんだよ。地元の人間なら、ただでりようできるの」

ユリがジローを受付に案内し、説明しました。

「ここは、大人も子どもも、お年寄りも集まる、いこいの場所よ」

辺りを見わたすと、夏休みだったこともあり、小学生のしゅうだんが、図書室で本を読んだり、絵日記をかいたりしていました。

となりのゆうぎ室では、おじいさんたちが、将棋をさしています。

体育室からは、ボールをドリブルする音が聞こえてきました。中学生たちが、バスケットボールをしているのです。

「こういう場所があったのですね。まるでしらなかったのでした」

「ジローは本が好きなんでしょう。ここで好きな本をいっぱいかりられるよ」

「おれとジョージたちは、ここでよく卓球(たっきゅう)をやるんだ」

「卓球？」

ジローが聞き返しました。

「ピンポンのことだよ。お前の国にだってあるんだろう」

「あ、ああ……あるね。ぼくは、あまり見たことないけど」

「よかったら、今度さそってやるよ。でも、やっぱ夏っていえば、卓球よりプールだよなあ」

「じゃあ、このあとはプールにいってみようよ。近くに市営(しえい)プールがあるの」

マサがふたたび顔をしかめました。

「何よ？　また何か問題があるの？」

「いや。ぜんぜんOKだよ。いちいちおれのリアクション、気にしなくていいから、ねえちゃん」

マサがひたいの汗(あせ)をぬぐいました。ユリが肩(かた)をすくめ、ジローに向き直ります。

「今日水着もってくればよかったね。そうすれば、みんなでプールに入れたのに」

「水着……でありますか？」

ジローが眉(まゆ)をくもらせました。

「そう、水着。水泳、やったことあるだろう」

マサがたずねました。

「水泳というのは、え〜と、たしか水の中に入って、さかなのように泳ぐことだな」

「そうだよ。ジローの国でも泳ぐんだろう」

「泳がない。いや、泳ぐこともあるかもしれない」

ジローが、あいまいにこたえました。

マサとユリは、おたがいに顔を見合わせました。ユリのひとみに「?」マークが浮かんでいます。

「きっと、ジローの国は、夏も寒いところなのね」

ユリがその場をとりなすように、いいました。

——だけど、寒い国にだって、温水プールとか、あるんじゃねーのか……?

マサはこう思いましたが、口にだすのはやめました。

「じゃあ、そろそろいこうか。プールはここから、十分くらいでいけるから」

三人は地区センターを出て、大通りをわたりました。

「ジローはさ、むずかしいことには、くわしいのに、みんながしってること、しらねーんだよな」

マサが横断ほどうをわたるジローの背中を見ながら、ひそひそとユリにはなしかけました。

「そうね。とくに、スポーツはダメみたいね。きっと卓球も水泳もやったことないんだろうね」

　マサは以前、ジローにキーパーをやらせた時、ボールを取るのではなく、ボールから逃げまわっていたことを思いだしました。

「これって、ジローだけの問題ではないね。ジローの生まれ育った国の問題だよ」

「だけど、水泳も卓球もやらない国って、どこだよ。ってか、それだけじゃなくて、多分ジローの国では、もしかしたらスポーツなんか、やらないのかもしれない。そんな国、あんのか？」

　ユリはう～んと、考え込みました。

「それはまあ、ともかく……」

「わかってるよ。ジローがしらないことがあれば、教えてあげるんだろう。そのための、社会見学だもんな」

「ここは、どちらにいけば、よいのかな？」

　ひとり、前を歩いていたジローが、振りかえってたずねたので、マサとユリは、あわてて会話を中断しました。

　ジローは、二またになった道の前で立ち止まり、どちらに進むか、まよっていたのでした。

「右よ」

右の道を進むと、やがて大きな市営プールが見えてきました。人々がはしゃぐ声や、バシャバシャと水がはじける音が、こちらまで聞こえてきます。

「水の中って、そんなに楽しいものなのか」

ジローがプールを囲うフェンスに近づき、中をのぞきこみました。

「水の中で生きていけるのは、魚だけではなかったのか？　なぜなら、彼らはえら呼吸するからである。水中の酸素を取りこみ、体内の二酸化炭素をはい出して呼吸をするのだ。人類にそんなまねはできない。水の中では、ちっ息死してしまう。なのに、かれらは、すごく楽しそうではないか。死ぬかもしれないのに、なぜ……？」

マサがジローの頭を、かるくパンとはたきました。

「ごちゃごちゃいってねえで、今度海パン持ってこいよ。お前がいつも服買う店で、売ってっから。だけど、今度だけはぜってえ、女物はダメだぞ」

マサがこわい顔でいうと、ユリが声を上げて、わらいました。

「そうね。それだけはダメよ、ジロー。水着は男の子用を買いなさい」

「おれが泳ぎ、おしえてやっから。クロールでも平泳ぎでも。おれ、泳ぎは大とくいだから」

マサがさそっても、ジローは気のりしないようすです。

「ジローさあ、もう少し、はじけろよ」

「はじける？」

「そうだよ。はじけるんだ。はじけるってのは、つまり、プールであそんでるやつらみたいに、ギャーギャーさわいで、水かけあったりすることだよ。ジローってなんか、おじいさんみてーだもん。お前、小学五年生だろう」

　ユリがうなずきました。

「そうだね。ジローはお行儀がよすぎる。あたしに対してずっと敬語でしゃべってるけど、もうそれ、やめなよ。ふつうにはなそうよ」

「いいのですか？　目上の人には敬語をつかえと、本にかいてあったのですが」

「目上っていっても、いっこちがうだけじゃない。タメ語ではなそうよ。そのほうが、あたしもはなしやすいし」

「わかりました」

「わかりましたじゃなくて、わかったでしょう」

　ジローは小さく息を吸いこみ「わかった」とこたえました。

「じゃあ、つぎは、松林の丘にいこうぜ。あそこからは、おれたちの町が全部、見わたせるんだ」

マサが提案（ていあん）しました。

松林の丘（おか）を登っている最中、今まで青かった空が、かげりはじめました。うだるような暑さだったのに、すずしい風がふきはじめます。

「なんか、向こうのほうでゴロゴロいってるな」

マサが遠くに見える山々に、目を細めました。

「夕立がくるかもしれないね」

ユリがうなずきます。

「引き返すのかよ。せっかくここまで登ったんだぜ」

「たしか丘の上に、東屋（あずまや）があったでしょう。あそこで雨宿りできるよ。それに、雨がふるまでにはまだ時間があると思う」

ところが雨ぐもは、ユリが思っていたよりはるかに速く、こちらにやってきました。それも夕立のような、生やさしいものではありません。ゲリラ豪雨（ごうう）です。

まるで滝（たき）の中にいるような、すさまじさでした。ずぶぬれになるばかりではなく、三人はまだ丘の中腹（ちゅうふく）にいたため、ぬかるみに足をすべらせ、ころびそうになりました。いちどころんだら、ふもとまでまっさかさまです。

「あっ」

ユリがバランスをくずし、転倒しました。ユリのうでをつかんだジローは、すべり落ちるユリに引きずられ、みずからもひっくり返りました。

そのままふたりは、水しぶきを上げながら、ゴロゴロと山腹をころがり落ちて行きました。

「まて！　とまれ！」

マサがあわてて、二人のあとを追いかけました。とはいえ、スピードをだせば、マサもユリやジローと同じ目にあう危険性があります。

どんどん小さくなっていく二人が、視界からかんぜんに消えた時、マサはさいあくの事態をそうぞうしました。

ユリとジローは山道をはずれ、がけから落ちてしまったのではないのか……。

「ねえちゃん！　ジローーッ！」

大声で呼ぶと、すっくと立ち上がった人影がありました。ついで二人目が、立ち上がります。

ユリとジローは、手をつないだままでした。二人の肩や頭で、むすうの雨粒がはじけています。

「だいじょうぶか！」

マサは足元に注意しながら、二人にかけよりました。

「おもしろかったーっ」

泥だらけの顔したユリが、ひとみを輝かせました。ユリが着ていた、レモン色のあでやかなワンピースも、泥のおかげで、無残な色に変わっています。

――はっ？

マサは言葉をうしないました。おもしろかっただって??

「おれ、ビックリしたんだぞ。二人とも死んじまったかと思ったんだぞ」

「んなわけないいじゃん。ここは、そんなに険しい山じゃないんだから。ジェットコースターみたいで、おもしろかった。こんなに目がまわったの、久しぶり」

マサはユリがどんな姉であったか、あらためて思いだしました。ユリはともかく元気で、男まさりで、パチンコの玉のようにがんじょうなのです。

「辺りには、かん木がたくさん生えているからな。どこかで引っかかってとまるという、確信があったのだ」

ユリに負けずおとらず、泥だらけのジローがいいました。

ジローがあごをしゃくった先には、小さな梅の木がはえています。地面すれすれに、にょきにょきと伸びている、梅の枝がクッションとなり、ユリとジローは滑落をまぬがれたのです。

「だったら、なんでねえちゃんを助けたんだよ、ジロー」

「いや、それは……」

ジローが、ユリをふり向きました。ユリは、手元に視線を落とすなり、つながれていた手を、パッと引っこめました。

「うわっ」

その時、今度はマサが足をすべらせ、尻もちをつきました。まさに、すってんころりんという表現がぴったりな、はでな転び方です。

「いってえなー。くっそ～」

立ち上がろうとした時、また足をすべらせ、尻もちをつきました。

ユリが「キャハハハハッ」とかん高い声でわらいました。

「わらうなよ！　そんなにおかしいかよ。おれ、マジで心配したんだぞ！」

マサがぬれた泥をすくって、ユリに投げつけました。泥のかたまりをぶつけられたユリは「キャーッ」とひめいを上げましたが、どこか楽しそうです。

「やったな！」

今度はユリが足元の泥をすくって、マサに投げつけると思いきや、となりにいたジローの背中にこすりつけました。

「な……なにを、するのですか!?」

ジローがさけびました。

「敬語でしゃべるなっていったでしょう。ばつとして、マサに泥だんごをぶつけなさい」

ユリが、めちゃくちゃな命令を下します。

「えっ？　ど、どういうことでしょうか」

目を白黒させているジローに、「ホラ、また敬語ではなしてるー」とユリが口をとがらせました。

「くるならこい。返り討ちだ」

マサが、今度はジローに泥をぶつけました。

いつもはクールなジローの眉が、つり上がりました。

「さあ、かかってこいよ」

マサが、悪役プロレスラーのように、カモーンと腕をふって、ジローをちょうはつしました。

「ジロー。あたしも加勢するから」

ユリが両手にあふれんばかりの泥をすくいとり、トラックの荷台に、にもつを放り投げるように、マサに投げつけました。

マサがひょいと、泥のかたまりをよけました。

「そんな、ゆっくり投げたって、当たんねーよ」

大口をあけ、わらおうとするマサの顔面に、泥だんごが命中しました。投げたのは、ジローです。

泥だらけになったマサを見て、ジローが「わははは」と大わらいしました。ジローがこれほど楽しそうにわらうのを見たのは、はじめてです。

「この野郎！」

マサが特大の泥だんごをにぎり、反撃にでました。

「ジロー、まけるな！」

ユリがジローに声援をおくりました。


ゲリラ豪雨は、ものの二十分ほどで通り過ぎ、うすぐらかった空に、ふたたび太陽があらわれました。

さんさんとかがやく日の光の下、三人は地べたに寝そべり、ハーハーと荒い息をはいていました。

「ジロー、やっとはじけたな」

マサが、となりに寝ていたジローに顔を向けました。

「こういうのが、はじけるということなのか？」

「そうだよ。これがはじけるってことだよ」

「うわっ……すごいことになってる」

立ち上がったユリが、首から下を見おろし、にがわらいしました。

ユリのワンピースは、土色に染まっています。ジローのまっ白だったランニングも、マサが着ていたTシャツも、同じようなありさまでした。

「後悔するのは、わかっていたけどね、でも、やっちゃったのよねー、一年生みたいに。でもおもしろかったね、ジロー」

「とても、前例のないほど、おもしろかった」

マサは「よし！」とかけ声をかけ、とび起きると、お尻にこびりついた泥を、はらい落としました。

たしかにユリがいうように、泥あそびなどというのは、高学年になったらもうやりません。だけど泥あそびによって、ようやくジローの子どもらしい姿を引き出すことに、成功したのです。

いずれにせよ、三人とも足をすべらせ、すでに泥まみれになっていたので、結果は同じです。

「そろそろいこうか」

髪の毛をしごいて、かんそうした泥を落としていたユリが提案しました。

「こんな格好で、町中歩くのははずいから、もうお家に帰るしかないね。ジローもおいでよ。

うちでシャワー浴びて、着替えたほうがいいから」

「そうだよ、ジロー。おれのシャツとズボン貸してやっから、心配するな」

「わかった。ここからだと、きみたちの生家のほうが近いしな」

三人は丘をおり、帰路へつきました。

通りを歩いていると、道ゆく人がマサたちのことを、ジロジロ見ました。

マサははずかしくて、うつむいて歩きましたが、ユリはどうどうと前を向いて歩いています。

母親に手を引かれた小さな女の子が、立ち止まって、穴のあくほどジッと、ユリの顔を見つめました。

ユリが「こんにちは」と笑顔であいさつすると、女の子はあわてて、母親のかげにかくれます。母親はユリたちから目をそらし、「サキちゃん、さあ、いくわよ」と女の子の手を引っぱりました。

「あたしたち、そんなにあやしい格好してるかな」

ユリがマサにたずねました。

「うん。十分あやしい。気づかなかったのかよ」

マサが答えました。

家に着くと、かぎがあいていました。玄関に婦人用のサンダルが、らんぼうに脱ぎ捨てられています。どうやらおかあさんが、帰っているようです。

「ただいまー」

ユリが元気よくあいさつすると、ろうかの奥(おく)から、疲(つか)れた顔をしたカズエが、現(あらわ)れました。まるで泥(どろ)人形のような風体(ふうてい)のマサたちに目を向けるなり、カズエのたれ下がっていた眉(まゆ)が、見る見るつり上がりました。

「中に入らないでちょうだい」

カズエがするどい声でいいました。

「家の中がよごれるでしょう。おそうじ、したばかりなのよ」

「だいじょうぶだよ、おかあさん。足の泥は落としたし。すぐにお風呂場(ふろば)に行けば、よごれないから」

「あんたたち、いったいいくつになったと思ってるの」

カズエは、ユリからマサに視線(しせん)をうつし、次いでジローを「誰(だれ)なの、あんたは?」とでもいいたげに、見やりました。

「六年生にもなって泥んこあそび? 幼稚園児(ようちえんじ)だってもっとお行儀(ぎょうぎ)よくあそぶわよ。そのワンピース、買ったばかりでしょう。ユリがどうしても欲(ほ)しいっていうから、おとうさんが買ってくれたんじゃない。それなのに、そんな泥だらけにして。洗濯(せんたく)しても落ちないよ」

「洗濯はあたしがするから。洗濯機で落ちないなら、手洗いするから」

ユリは、松林の丘を登っているさいちゅうに足を滑らせ、泥だらけになってしまったのだと説明しました。

「うそおっしゃい。転んだだけで、顔や髪の毛まで、そんな泥だらけになるわけないじゃないの」

「本当だったら」

「そう？　じゃあ、ユリのいうことを信じてあげてもいいけど、本当に転んだだけなんだね？三人仲よく転んで、全身泥だらけになったというのね。

いったいどんな転び方、したのよ。丘のてっぺんから下までゴロゴロ転がり落ちたの？　もしそうだとすれば、そのくらい泥まみれになるとは思うけど、それだけじゃすまないでしょうね。きっと今ごろ、救急車で病院に運ばれているはずよ。

正直にいいなさい、ユリ。本当は泥んこあそびで、はしゃぎすぎて、転んだんでしょう」

「違うったら」

「どう、違うっていうの」

「泥遊びではしゃいで、転んだんじゃない。転んでから、泥遊びをしたの」

「同じことじゃない」

ユリは口をつぐみました。

とはいえ、厳密にはこのふたつは異なります。泥遊びで転んだというのは、服がよごれるのもかまわず、単純に泥遊びがしたかったということです。

ところが、転んだあとで泥遊びをするというのは、服をよごしたくなかったのに、誤って転倒し、泥だらけにしてしまったため、もうどうでもいいやと開き直って、泥遊びをしたということです。

「おかあさん、違うんだよ。ねえちゃんと、ジローが転んで、坂道を転がり落ちて、がけから転落しそうになったところを、ギリギリで助かって。だから、うれしくなって、こんなこと、したんだよ。はじけたんだよ。

ジローは、まったくはじけないやつだったけど、ねえちゃんが泥をぶつけたら、やっとはじけてくれて……おれ、よかったと思ってるよ。服なんか、おれたちで洗うから。こんな泥、洗えばすぐ落ちるし、おかあさんに、迷惑かけないから」

マサが、思いの丈を、不器用に表明しました。

カズエが、フンと鼻をならし、マサとジローを交互に見くらべます。

「はじめまして。山本次郎と申します」

ジローが泥だらけの頭を下げました。

カズエはわずかにあごを引いて、こたえると、すぐさまユリに向き直りました。

「あんたが始めたっていうの？　ユリ。あきれた。来年は中学生になるんだよ。中学生っていえば、もう小さな子どもじゃないのよ。勉強だって、どんどん大変になるんだよ。泥んこ遊びなんて、してる場合じゃないでしょう。おかあさん、ユリには本当に……」

「もう、わかったから、おかあさん」

ユリが強い調子で、さえぎりました。

「はっきりいって、おかあさんのいってること、なっとくできない。あたしのこと、もう子どもじゃないっていったり、まだ子どもだから、携帯電話は必要ないっていったり。あたしの友だちは、みんな携帯持ってるよ。おかあさんにとって都合のいい時に、あたしは子どもになったり、ならなかったりする。

それに、おかあさんはいつも、マサやあたしに、片づけができないって、おこるけど、おかあさんだって、靴脱ぎっぱなしじゃない」

ユリが、脱ぎ捨てられた茶色いサンダルに目を向けました。

「それは……今、買い物から帰ってきたばかりで、取りあえず、買ったものを早く、冷蔵庫に入れなければいけなかったから。夏だし、生ものはすぐに腐っちゃうし。サンダルはそのあとで、ちゃんとそろえるつもりでいたわよ」

「いいわけばっかり。おかあさん、あたしやマサが、いいわけすれば、おこるくせに」

「ユリ、いい加減にしなさい。おかあさんが今、いろいろ大変なこと、知ってるでしょう」

カズエの眉間にしわが寄りました。

ですが、ユリも負けていません。ユリはカズエをにらみ返しました。

「知ってるよ。でも大変なの、なにもおかあさんだけじゃないから」

マサは二人のやりとりを、オロオロしながら見守りました。ユリが、これほどおかあさんに反抗するのを見るのは、はじめてでした。

「あたしだって、学校でいろいろ大変なんだから。友だちのこととか、勉強とか、クラブ活動とか。もう、いい」

ユリがくるりとカズエに背を向けました。

「ちょっと、どこへ行くの？　ユリ」

「家に上がっちゃいけないんでしょう。だったら上がらないから」

「そんな格好でどこへいくつもりなの」

「心配しないで。ちゃんときれいになって帰ってくるから」

ユリはマサとジローに「いこう」と目くばせしました。マサはこの状況からすると、ユリにしたがうしかないと判断しました。

「ユリ、マサ。待ちなさい」

カズエの声を背中で聞きながら、ユリとジロー、そしてマサは家を後にしました。

4　食事会

　おかあさんも、ユリも、そしておとうさんも、ほとんどしゃべらず、つまらなそうな顔をしてごはんを食べていました。

　久しぶりにわが家にきたタケシ叔父さんは、戸惑いの表情をかくせません。

　そんな叔父さんに、マサは小さな合図を送りました。

〝ゴメンね、叔父さん。いつの間にか、うちの家族、こんなになっちゃったんだよ。あとで説明するから〟

　勘のいい叔父さんは「わかってるよ。大変そうだな」とでもいうように、重々しくうなずきました。

　となりにすわっていた、おとうさんのアキラが、うつらうつらしながら、ゆっくりとマサのほうに傾きました。肩がふれあうと姿勢を正し、さっきからほとんど口をつけていない料理に、おざなりに、箸を伸ばします。

おとうさんの顔は真っ赤です。テーブルの上には、ビールのグラスが置いてありました。

「ごちそうさま～」

ユリが箸を置き、立ち上がりました。茶わんの中にはまだご飯が半分ほど残っています。

「ユリ、もう食べないの？」

カズエが声をかけました。

ユリは無言で首をたてにふり、ダイニングルームからでていこうとします。食べ終えたお皿を、流しに運ぶこともしませんでした。カズエは何かをいおうとしましたが、結局口をつぐみました。

「悪いが、おれもそろそろ失礼するよ」

アキラが、椅子を引きました。

「飲みなれない酒を飲んだから、クラッときちまった。タケシくんは、ゆっくりしていけよ。なんなら今晩泊まったらどうだ」

「ありがとう、義兄さん。だけど、ぼくももう少ししたら、おいとまするよ」

タケシがこたえました。

千鳥足でテーブルを離れる夫を、カズエがじっと見ていましたが、アキラは目を合わせることなく、ダイニングルームからでていきました。

ガチャリと寝室のドアが閉まる音を聞くなり、それが合図であったかのように、カズエがアキラの悪口をまくしたてました。

ちっとも家に帰ってこない。子どものめんどうを見ない。いつも暗い目をして、ため息ばかりついている……。

息子のマサからしてみれば、あまり聞きたくない話ばかりです。

「ごちそうさま」

マサは元気よくいうと、席を立ちました。ダイニングルームを出るとき、タケシと目が合います。タケシがまた、うなずいてくれたので、マサは救われた気分になりました。

二階の自室にこもり、マンガを読んでいると、ほどなく扉をノックする音が聞こえました。誰であるかは、いうまでもありません。

「どうぞ。入って」

ドアが開き、背が高くてガッチリしたタケシが、ヌッと姿をあらわしました。

「この家で、マトモに話ができそうなのは、マサだけだね」

タケシはかがむようにして、室内に入ると、ぐちゃぐちゃに乱れたベッドの上に腰かけました。

「前は、こんなじゃなかったんだよ。でも、いつの間にか、こんな風になっちゃった」

マサはマンガをパタンと閉じ、椅子を回転させ、タケシに向き直りました。

「いったいどうしてなんだろう、叔父さん」

タケシは天井を見あげ、小さなため息をつきました。

「ぼくに聞かれてもなあ。いっしょに暮らしてないんだから。だけど、マサのおとうさんとおかあさんの仲が、なぜこんなことになってしまったかは、想像がつく」

タケシが、おばあさんの介護の話をはじめました。

父方のおばあさんなのに、血のつながりのないおかあさんが一人で、いろいろと面倒を見ていることについては、マサもしっていました。

「だけど、おとうさんだって今は大変なんだよ。おとうさんの会社の株価は、どんどん下がっているんだ。業務縮小をけんとう中で、いずれリストラがあるとうわさされている」

そんなことは初耳でした。

「リストラって、クビになるってこと？　もしおとうさんが会社をクビになったら、ぼくらはどうなっちゃうんだろう」

「今みたいな生活は、たぶん、できなくなるだろうな」

タケシがまゆをひそめました。

「義兄さんは、もう四十をこえたから、再就職はむずかしい年れいなんだよ。たとえ、次の仕事が見つかったとしても、おそらく今の収入をかく保することはむずかしい。だけど、家計の出費は、これからドンドン増えていくんだ。ユリやマサが、上の学校にいけば、お金がかかるからね」

「そうなの？」

「ああ、そうだよ。私立の大学は、授業料が高いんだ。理系なんかにいったらなおさらだよ」

マサもユリも国語や社会より、理科や算数のほうがすきでした。二人とも理系の大学に進んだら、おとうさんはたいへんです。

「それに受験のために、予備校へ通ったりもするだろう。その学費だってばかにならない」

「おれ、高校生になったら、バイトするよ。それで学費をかせぐよ」

「それもいいかもしれない。だけど、親の立場からすれば、学費がないなんて、口がさけても子どもにいいたくないんだよ。バイトなんかするひまがあったら、きちんと勉強して、少しでもいい大学に入れと、マサのおとうさんならいうだろうね」

そうだったのか……。

マサは、おとうさんがそんな苦労をしていたとは、つゆほども思っていなかったのでした。

「だから、おとうさん。近ごろ疲れた顔ばかりしてたんだね。さっきも、食事中に寝てたし。それじゃ、おばあちゃんの面倒を見られないの、しかたないね」

「そうかもしれないけど、果たしておかあさんも、そう思ってるかな」

「でもそれは――」

「マサは、車椅子のおばあちゃんの面倒を見たことはないんだろう」

　マサが口をつぐみました。

「実際にやってみないと、その苦労はわからないさ。おかあさんには、おかあさんの言いぶんがあるんだよ」

　おとうさんが悪い、あるいは、おかあさんが悪いと、簡単には割り切れない問題がそこにありました。強いていえば、だれも悪くはないのです。

「じゃあ、いったいどうしたらいいの」

「そこが、むずかしいところなんだよな……」

　タケシはうでを首の後ろで組み、ゴロリとマサのベッドに横になりました。おおがらなタケシは、子ども用のベッドからはみ出しそうです。

「こういう問題に、すぐに解決策が見つかれば、世界中から紛争なんてものは、とっくになくなってるさ――」

　タケシはひとり言のように、つぶやきました。

「ところでユリちゃんは、今日はどうしたんだ？　前はもっと陽気にはしゃぐ子だったのに、何だか元気がなかったじゃないか」

「今、ねえちゃんとおかあさん、冷戦じょうたいなんだよ。ふたりともほとんど口をきかないんだ」

「そりゃたいへんだな」

タケシがからだを起こし、ベッドの上に座り直しました。

「何かあったのか」

ほったんは、あのゲリラ豪雨に見舞われた日でした。マサがあの日、何が起きたのかを説明しました。

「へー、そいつはたいへんだったね。じゃあきみらは、そのジローっていう、帰国子女の男の子をはじけさせるために、そんなことをしたのか」

タケシがゆかいそうに、目を細めました。

「おれたち、やっぱりいけないことしたのかな?」

「そうは思わない。たまにはハメを外すことだって大事だ」

タケシが外国人のように、すばやいウインクをしました。

「だけど、おかあさんの立場からすれば、微妙だろうな。泥だらけの服を洗うのは、おかあさんなんだから」

「でも、服を洗ったのは、おかあさんじゃないんだよ」

「へー。じゃあきみら自身で洗ったのか」

ううん、とマサは首を横にふりました。

マサは、タケシに続きをはなし始めました。


あの日、泥だらけの格好で家を後にした、ユリにマサ、それにジローは、夕焼けでオレンジ色にそまる町中を、トボトボと歩いていました。

あいかわらずマサたちは、通行人の注目の的でしたが、もはや見られるのには、なれてしまいました。

「ねえちゃん、いったいどこいくつもりなんだよ」

先導するユリにマサは声をかけました。

ユリはしばらく黙っていましたが、やがて「ついてくれば、わかる」と一言だけいいました。

——ついてくれば、わかるだって?

「おい、ねえちゃん」

ユリはもうマサにはこたえず、歩みを速めます。

やっぱり、売り言葉に買い言葉だったんだ。家に入るなといわれたから、出てきただけだっ

First CIRCLE
DAYS

たんだ……。

あてもなく、こんなところをウロウロしてても、意味がない。家に帰って、おかあさんにあやまって、中に入れてもらおう。

マサが口を開きかけたところで、ユリが立ち止まりました。

「ホラ、あそこよ」

ユリが指し示したのは、銭湯でした。

「お金ならあるから」

ユリはウエストポーチの中から、さいふを取りだしました。

「それに、銭湯にはコインランドリーがあるでしょう。お風呂入ってる間に、洗濯できるじゃない」

なるほど、とマサはうなずきました。

さすがねえちゃん。

ところが、そこは古い小さな銭湯だったので、コインランドリーはおいてないというのです。

「どこかに、コインランドリーのある銭湯をしらないですか」

ユリが番台のおばさんに、たずねました。

おばさんは、ユリたち三人の風体を確認し、なっとくしたようにうなずきました。

「あることはあるけど、電車でいかなければダメなところよ」

おばさんが教えてくれたのは、もよりの駅から三駅はなれた場所にある、スーパー銭湯でした。

「だけど、多分無理なような気がする」

ユリがさいふの中に目を細め、小さくため息をつきました。

「電車賃まで払ったら、洗濯代が払えない。マサ、あんたお金、持ってないでしょう」

マサはかぶりをふり、ジローを見やりました。

「ぼくも残念ながら、お金は持ってきていない。こんなことになるのを知っていたら、きっと持ってきていたであろう」

「しかたない。歩いていこう」

歩くといっても、三駅はなれたところにある銭湯です。徒歩でいけば、おそらく往復二時間以上かかるでしょう。おまけに、向こうでお風呂を浴びる時間と、洗濯の時間も加味しなければいけません。帰れるのは、みんなが寝しずまった時こくです。

「歩くのかよ。帰りは真夜中になるぜ」

「しょうがないじゃない。お金がないんだから」

ユリが口をとがらせました。

「だけど、夜中に小学生だけで歩いてたら、補導されちゃうぜ。やっぱ、帰ろうよ、ねえちゃん。帰って、おかあさんにあやまろう」

「何をどう、あやまれっていうのよ。あたしは、自分が悪いことしたなんて、思ってないから。服だって自分で洗うし、おかあさんにはいっさい迷惑かけるつもり、ないから」

ユリは、マサがまるでおかあさんであるかのように、まくし立てました。

コホンとせきばらいした後、ジローが口を開きました。

「もしよかったら、うちに来ないか？　ここからなら五分のきょりである」

「それは、ありがたいけど、ジローのおかあさんだって、こんなにきたないあたしたちを、家の中に入れたくはないんじゃない？」

ユリがまゆをくもらせました。

「いや、その点はまったく心配ないであろう」

ジローが、きっぱりといいました。

「ただし、うちの両親は、ちょっと変わってるんだ」

変わってる？

マサは前から、ジローの親に会ってみたいと思っていました。ジローのおかあさんやおとうさんも、ジローのように変な日本語をしゃべるのか？　両親は日本人なのか？　おとうさんもジローのように、花がらのブラウスを着たりするのか……？　興味は尽きません。

「まあ、悪いけどさ。ジローも相当変わってるから、おれ、別におどろかねえし」

「そうか。それはよかった。では、いこう」

今度はジローが先陣を切りました。

ジローの家は、銭湯の角をまがって、少しいったところにありました。窓が小さめで、庭には玉じゃりが敷きつめられた、今ふうの、防犯性がたかいじゅうたくです。

周囲を見わたすと、似たような家が何軒もつらなっていました。どうやら、同じ開発業者が建てた、分譲住宅のようです。

ジローの家族のことだから、きっと他とはちがう、個性的な家にすんでいるにちがいないと思っていたマサは、何だかひょうしぬけしました。

「おじゃまします」

あいさつをすると、家の中から、かみの毛にパーマをかけた、太目の女性があらわれました。女性のうしろからは、やせ型で髪がややうすくなった、メガネの男性がつづきます。

どうやら彼らが、ジローの両親のようでした。

「パパ、ママ。クラスメートのマサと、マサのおねえさんのユリだよ」

ユリとマサが、ペコリとおじぎをしました。

「こんばんは。はじめまして、マサくん、ユリさん」

ジローの両親が、同時に頭を下げました。腰をまげた角度は、おどろくほど似かよっています。分度器で計れば、二人とも四十五度ピッタリに、傾いていたのではないでしょうか。

「あ、あの……すみません。こんなきたない格好で。実はあたしたち――」

ユリがワンピースのすそをつまんで、なぜこんなことになったのか、説明しようとしましたが、ジローの両親の表情がまったく変わらなかったため、口をつぐみました。

「いいんだユリ、気にしなくて。さあ、上がってくれ。早くシャワーを浴びたいだろう」

ジローが、ユリとマサを急かしました。

シャワーは、ユリ、マサ、ジローの順番で浴びました。着替えは、ジローが用意してくれました。

「これ、あたしにピッタリだわ」

からだをすみずみまで洗って、見違えるようにきれいになったユリが、満足そうに、身に着けた服を見下ろしました。

ユリに比べ、マサは仏頂面をしていました。マサには、チューリップの絵柄がプリントされたシャツや、フリルのついたショートパンツが、たえられなかったのです。

「お前が、さっきまで着てた、短パンやランニングみたいなのはねーの？」

マサがたずねると、ジローは首をふりました。

「その、ジローって子は変わった子なんだね。まさか、女装が趣味なのか」

マサがはなしている途中で、タケシが大笑いしました。

「ハハハハハッ」

「う～ん。女装っていうのとは、ちょっとちがうような気がする。ジローの頭の中では、きっと、男の洋服も女の洋服も、同じなんだよ。で、二つを比べると、女のもののほうが、キラキラしてきれいだから、そっちを着てるみたいな。あれ？　やっぱり同じじゃないのか？　おれのいってること、わかる？　叔父さん」

「うん。わかるよ。つまり、そのジローって子の頭の中では、ズボンもスカートも同価値ってことだな。女性みたいになろうと意気込んで、女性用の服を身にまとっているわけじゃない。だから、いわゆる女装とはちがう。そういうことだろう」

「そう！　そういうことだよ。叔父さん、こういうやつ、どう思う？」

「そうだな……」

タケシが天井を見あげ、考えました。

「やっぱり男の子は、男の子らしい服を着たほうが、いいんじゃないのか」

「おれも最初はそう思ったけど、ジローがあまりにも自然にそういう格好をするから、だんだん気にならなくなった。本人が好きなら、いいんじゃないかって」

「ジローくんのご両親は、どう思ってるんだ？」

「その両親のことなんだけどさ――」

マサがつづきを、はなしはじめました。


シャワーのおかげで、すっかりきれいになったマサとユリとジローが、居間でくつろいでいると、「ごはんよ〜」とジローの母親に呼ばれました。

「えっ？　いいのかな……」

遠慮するユリのおなかが、いきなり「グー」となりました。マサが「おなかは正直だよな」と、わらいます。キッチンから、何ともいえない、おいしそうな匂いが漂ってきました。

「さあ、いこう。ぼくもはらペコだ」

ジローに急かされ、マサとユリは食堂に移動しました。

食卓の上には、いろいろな料理を盛った皿が、ところせましとならんでいました。ミートボール、とりのから揚げ、フライドポテト、ピザ……などなど。どれも子どもが好きそうな料理ばかりです。

「いっただきま〜す」

おなかがすいていたマサは、テーブルにつくなり、から揚げにかぶりつきました。最初は遠慮していたユリも、食べ物を目の前にすれば、こらえきれず、ポテトをほお張りはじめました。

その日は、ジローを案内するため、あちこち歩きまわったし、しまいにはあれだけ派手な泥合戦をやったのですから、おなかがすいていて当然です。

飢えたイノシシのように、ガツガツ食べていたマサがふと顔を上げると、テーブルにはマサたち三人しかいませんでした。

「ジローのおとうさんとおかあさんは、食べないのか?」

「いや……もう、すませたと思うよ」

ジローは何だか、こたえづらそうです。

「本当?　おれらが来る前に、もう晩メシ、すませてたの?」

ジローの両親は、ずいぶん早い時刻に夕食をとるのだなと、マサはおどろきました。ユリがゆっくりと首をふります。

「まだでしょう。おじさんもおばさんも、あたしたちに気を使ってるんじゃないのかな。いっしょに食べればいいのに。マサ、全部食べちゃダメだよ。二人の分も残しておこう」

いわれなくても、食べきれないほど、テーブルの上には食べ物が載っています。

「いや。いいんだ。あの二人はそんなに食べないから」

そんなに食べない？

ジローのおかあさんは、けっこうポッチャリとした体つきをしていました。

「ダイエット中なの？」

「う、うん。まあ、そんなところかな。さあ、遠慮しないで、バクバク食べてくれたまえ」

結局マサたちは、出されたお皿をすべて平らげてしまいました。

「うわっ、ヤバッ！　もうこんな時間だ」

壁時計に目をやったユリが、声を上げました。すでに、夜の九時を回っています。小学生が表を遊び歩いていい時刻を、とっくに過ぎていました。

たんかを切って家を飛び出したとはいえ、根はよい子のユリは、親を心配させるような真似は、やはりしたくなかったのです。

「そろそろ帰らなきゃ。でも、なんか、ゆーうつ」

家に戻るなり、またおかあさんと、けんかの続きがはじまるかもしれないと思ったとたん、ユリの気分はめいりました。

「電話をかけて、今から帰ることを告げてはどうか？」

ジローが提案しました。

「そうね……」

ユリはしばらく考えていましたが、やがて首をふりました。

「やっぱ、やめとく。あーあ。親ってめんどくさいなあ。ジローのところは、どう？　おかあさんもおとうさんも、やさしそうじゃない」

「ユリのママはやさしくないのか？」

「まあ、やさしい時もあるけど……近ごろはあまりないかな。さっきのおかあさん、見たでしょう。いきなり目をつり上げて、ガミガミガミガミ、あたしたちのこと、しかったじゃない。ジローのママは、そういうことは、しなさそう。なんか、クールだもん」

確かにユリがいうように、ジローの母親はクールそうでした。母親ばかりではなく、父親にも似たような雰囲気があります。二人とも、泥だらけの三人を見ても、眉ひとつ動かさなかったのですから。

ひどく汚れた格好をした小学生三人に、いったい何があったのか問いただすことすらせず、たっぷりごちそうを用意したあとは、奥に引っこんだまま、出てこない――。うるさ型ではないのは、子どもにとって助かりますが、なんだかちょっぴりさみしい感じがしませんか？　親なのに、子どもに興味がないのかと、うたがってしまいます。

「放任主義の家庭なんだな」

タケシ叔父さんが、いいました。

「ほうにんしゅぎって?」

マサがたずねました。

放任主義とは、子どもの自由にまかせ、細かいことをとやかくいわない主義のことを指します。

「う~ん。そういうのとは、ちょっとちがうんだよなあ。ジローのおかあさんも、おとうさんも、何だか、人間という感じがしないんだよ」

「人間という感じがしない?」

寝転んでいたタケシが、からだを起こし、マサに向き直りました。

「そりゃいったいどういうことだ?」

タケシがこわい顔をして聞いたので、マサはちょっとたじろぎました。

「い、いや、人間だよ。他人んちの、おとうさんやおかあさんを、人間じゃないなんていっちゃいけないよね。失礼だよね。でも、ああいう感じの大人、はじめてだったから、ちょっとビックリしたんだ」

「マサはその二人をどうして、人間じゃないなんて感じたんだい?」

タケシがなぜかしつこく、マサを問いただしました。マサにはなぜかはわからなかったのですが、読者のみなさんなら、すでにお気づきのことと思います。

タケシはつい最近、「彼ら」のアジトに侵入し、とても人間には見えないロボットのような人たちに、そうぐうしたのです。

「さっきも説明したけど、泥だらけのおれたちに、まったく興味がないようだったし。これが他の大人だったら、もっといろいろ質問してくると思うんだよね。それに、ジローの両親っていうのは、なんとなくどこかで見たことのある顔をしてるんだ」

「どこかで見たのか?」

「実際には、見てない。つまり、そうだね……どこにでもいそうな顔ってことかな。例えば日曜日に、ショッピングモールにいったら、ああいう顔の人たちって、いっぱいいいそうな気がする。

おかあさんは、髪にパーマをかけて、ちょっと太ってて、おとうさんは髪の毛がうすくて、メガネをかけてて」

「つまり、典型的な日本人の中年夫婦の外見ってことか。だから、どこかで見たことがあるような、気がしたんだな……」

タケシがうなりました。

「そう。まるでどこかの誰かが、日本人の平均的なおじさんおばさんのサンプルをとって、そのレプリカをつくったような――」

マサは、ここでいったん、言葉をのみ込みました。

「ああ、こんなこといっちゃ、やっぱいけないよね。叔父さん、今おれのいったこと、全部わすれて。ジローの両親が人間じゃないなんて、あるわけねーし。ジローは変わってるけど、とってもいいやつだし。そんないいやつを育てた両親なんだから、二人ともいい人たちに、きまってるし」

「そうだな……」

タケシがため息をつき、ふたたびゴロンと、ベッドに寝転びました。タケシは、疲れていました。遅々として進まない、「彼ら」のそう索に、いらだっていたのです。

「ところで叔父さん、はなし、違うけど、叔父さんにぜひ、聞いてほしいことがあるんだ」

マサに真剣な目つきでいわれ、タケシはふたたび、上体を起こしました。

「こういうことは、叔父さんのほうがいいと思って。おとうさんやおかあさんには、心配かけたくないし……」

実はマサは、ある一つの悩みをかかえていたのです。

悩みとは、ジローを裸にしようとしていた、岡崎レオのことです。

「はなしてみろよ」

タケシがゆっくりと、いいました。


夏休み。元気な小学生たちは、表であそびます。

マサも毎日のように、ケントやジョージたちと連れだって、プールにいったり、地区センターで卓球(たっきゅう)やバドミントンをしていました。

小学生が電車に乗って、遠くまで遊びにいくようなことは、めったにありません。みんな地元で遊びます。

したがって、いつも学校で見かける顔を、地区センターや市民プールで見かけることになります。レオとそのとりまきたちも、例外ではありませんでした。

プールにいっても、地区センターにいっても、町中のゲーセンにいっても、マサはレオたちにそうぐうしました。

そのたびに、レオが遠くから、マサの顔をジッと見つめているのを感じましたが、マサは無視(むし)しました。マサが反応(はんのう)しないのがわかると、レオは近づこうとはしませんでした。

ところが、そんなことが続いたある日、ついにレオがちょっかいを出してきました。マサがケントとジョージといっしょに、地区センターで卓球をしていた時です。

ケントが放ったスマッシュを打ちそこねたマサが、球を追いかけようと、卓球台に背を向けた時、少しはなれた場所に、レオが立っていることに気づきました。

レオが床をはねていた球をキャッチし、マサにむかって、チンパンジーのように歯ぐきをむき出しました。

どうやら今日は、とりまきたちはいないようです。とはいえ、一人っきりでも、レオには圧倒的な存在感がありました。

マサは一拍おいてから、呼吸をととのえ、レオの顔を見すえました。本当は、この場からすぐにでも、逃げてしまいたかったのですが、今、レオの手の中にあるのは、マサがおとうさんに買ってもらった、卓球ボールです。

「ボール」

マサが、手のひらを差しだしました。

「おめー、卓球下手だな」

レオがオレンジ色の玉をもてあそびながら、いいました。

「今日は、ねえちゃん、いねーのかよ」

「いないよ」

「どうしてだ」

「そんなこと、どうでもいいだろう。ボール返せよ」

マサが強い口調でいっても、レオは動じません。卓球(たっきゅう)ボールを床(ゆか)にたたきつけ、リバウンドするとキャッチし、またたたきつけます。カンカンと、床が音を立てました。

マサは、ケントやジョージをふり返りました。

二人は、この世の終わりのような、悲愴(ひそう)な顔をしています。マサは「たぶんおれも、あいつらと同じような顔してるんだろうな」と心の中でつぶやきました。

「おまえら、ねーちゃん呼(よ)びにいかねーの？」

レオがマサから、ケントとジョージに視線(しせん)をうつしました。ケントとジョージがたがいに顔を見あわせ、ブルブルとかぶりをふりました。

「なさけねーやつら」

レオが、卓球ボールをマサに投げ返しました。マサは取りそこね、球は床をはねながら、となりの卓球台のほうに転がっていきました。

「下手(へた)くそだな。ちゃんと取れよ」

レオがあざ笑います。

「あのヒラヒラオカマより、おまえのほうがおもしろそうだな」

いわれた途端(とたん)、マサはドキリとしました。どうやらレオのターゲットは、ジローからマサにうったようです。

「おまえ、ねーちゃんがいないと、何もできないんだろう。困ったことがあったら、いつもねーちゃんに助けてもらうもんな」

「ちがうよ！」

マサがさけびました。

「おまえみたいのを、なんて呼ぶんだろう。ああ、そうだ。シスターコンプレックスじゃね？」

シスターコンプレックスというのは、姉妹にたいして、強い愛着心や、愛情をいだくことです。

「おい、きみたち。そこで何やってるの」

ただならぬ気配を感じたのか、管理人のおじさんが、こちらに向かってあるいてきました。

「今度からおまえのこと、シスコンくんって呼ぶから」

レオは捨て台詞を残し、去っていきました。

その日以来、顔をあわせるたびに、「シスコンくん」とからかわれました。ユリがジローを地区センターやプールにつれていこうとした際に、マサがしぶい顔をしたのも、こういう事情があったからなのです。

シスコンとばかにされているマサが、ユリと一緒にいるところを見られれば、まさにレオの

思うつぼです。

幸いあの日は、どこにもレオの姿がなかったので、マサはホッと、胸をなでおろしました。

「そうか。で、そのレオって子が、マサをばかにするんだな？　ガキ大将なのか」

タケシがたずねました。

ガキ大将というのは、大人が好んで使う名称ですが、どうもしっくりこないと、マサは日ごろから思っていました。

ガキ大将ということばには、どことなく、ほのぼのとしたひびきがあります。大人が、子ども時代をふり返り、「あのころ、近所にガキ大将がいたなぁ。今ごろ、どうしているのかなぁ」となつかしく思いだしているような、イメージがうかびます。

ところが、現役小学生のマサは、そんな悠長なことはいってられません。今まさに、被害をこうむっているからです。外出するたびに「今日は、顔を合わせませんように」と祈りながら、日々を送っているのです。

「ガキ大将なんて、生やさしいモンじゃないよ。おれにいわせれば、あいつは悪魔だよ」

マサが、眉をひそめました。

「なるほど、悪魔か……」

　タケシが、苦笑いしました。

「笑いごとじゃないよ。おれ、真剣に悩んでるんだよ。なんとか、あいつと顔を合わせない方法、ないかな」

「それは、むずかしいだろうな。それに、逃げまわってるばかりじゃ、物事はなにも解決しない。マサはその、レオって子にどうしてほしいんだ」

「おれに構わないでほしい。おれのこと、シスコンなんて呼ばないでほしい」

「ならはっきりと、本人にいうしかないだろうな」

「だけど、レオがすなおに、おれのいうこと、聞いてくれるとは思えない」

「それは、いってみなけりゃわからんさ」

「叔父さんは小学生のころ、おれと同じような目にあったことはあるの？」

「ああ、あるよ」

「その時どうしたの？　教えてよ」

「あれは確か、叔父さんが小学六年の時だったたな。クラスに榎本くんっていう、体の大きな子がいてね。この子はプロレスが大すきで、将来はプロレスラーになりたがっていた。で、クラスメートを、プロレス技の実験台にしたんだな」

「叔父さんも、実験台にされたの？」

タケシは、だまってうなずきました。

「うそ！」

マサは、タケシのもり上がった肩に視線をうつしました。大きくて、力もありそうな叔父さんが、いじめられっ子だったなんて、にわかに信じられません。

「子どものころ、叔父さんは小さくて、ガリガリにやせてたんだ。背がぐんと伸びたのは、高校に入ったころからだよ。榎本くんに、ヘッドロックやコブラツイストをかけられて、すごく痛い思いをした。とうぜん、抗議したさ。もうこんなことは、やめてくれって」

「それでどうなったの？」

「どうにもならなかったな。榎本くんは、やめてはくれなかった」

「ホラ、やっぱりそうじゃん。そういうやつらには、何をいってもむだなんだよ」

マサが、小さなため息をつきました。

「泣きだしそうになるのを必死にこらえて、『やめてくれよ～』なんていっても、イジメはエスカレートするばかりだった。技をかけられたぼくらのリアクションが楽しくて、あんなことをしていただけなんだ。だから、いい方を変えなければダメだということに、気づいた」

「いい方って？」

「抑止力のある、いい方だよ」

抑止力？

マサには言葉の意味が、はっきりとはわかりませんでした。

「当時わが家には、家庭教師のお兄さんがひんぱんに出入りしていた。姉、つまりマサのおかあさんの、受験勉強を手伝うためにね。

この人は大学生で、合気道の心得があった。相手の力を利用して、投げたり、関節をひねったりする、護身術のようなものだな。

ぼくが、技を習いたいというと、お兄さんは承諾した。ただしきびしいぞ、とくぎを刺された。きびしいのはわかってる。だけど、どうしても、やらなければいけないと思った。このままではクラス替えがあるまで、ぼくはずっと榎本くんのオモチャになる危険性があったからね。

いくつも技を学んだわけじゃない。たった一つで十分だった。相手の手首をこうにぎって――」

タケシがマサの手首をむんずとつかみ、ひねりました。

「イテテテテッ。痛いよ、叔父さん！」

「ゴメンゴメン。でも、そんなに痛くはないだろう。かなり手加減してやってるつもりだよ。でもまあ、威力はわかっただろう」

マサが腕を引きぬき、手首をさすりました。

「手加減しないでやれば、相手は手首のいたみに耐えきれず、ゴロンと床にころがる。ぼくは一カ月間、この技をひたすら練習した。どうやったら、相手の手首をすばやく握れるか、相手がていこうしたら、いかにうまくいなして、自分のペースにもちこめるか、大学生の先生相手に、なんどもトレーニングした。

大がらな先生を、ころがすことに成功した時は、とびはねてよろこんだよ。もう、榎本くんなんてこわくなかった。だから、一カ月後にまた榎本くんに、もうぼくを構うのをやめろ、といった。今までみたいに、オドオドしながら、泣きそうな顔でいったわけじゃない。相手の目を見つめ、これ以上つづけると、大変なことになるかもしれないぞ、という含みをこめて、はっきりと伝えたんだ」

「それが、抑止力のあるいい方ってこと？」

タケシがうなずきました。

「抑止力というのは、他人の行動を、思いとどまらせる力のことをいうんだ。ぼくにとっての抑止力は、合気道だった。これがあったから、ぼくは自信をもって発言することができたんだ。

榎本くんは、いっしゅん言葉を失っていたよ。こいつ、なんだかいつものタケシとはちがうようだぞ、と思ったにちがいない。だけど、彼はバカだったんだな。すぐに気を取り直して、いつものように、技をかけようとした。ぼくは伸びてくる腕をつかむと、ねじ上げた。本気でやったわけじゃない。さっきマサの手首をひねった時よりも、わずかばかり強い力をこめただけだ。本気が百とすれば、三十くらいの力かな。

でも、それだけで十分だった。榎本くんは、顔をしかめ、ひめいを上げた。ぼくは、『まだ全然本気を出してない。本気を出したら、こんなモンじゃすまない』とダメおしした。翌日から、榎本くんはもう叔父さんに構わなくなったよ」

「おれにもその技、教えてほしい」

マサが、即座にいいました。

「いいよ。ただし、注意しなければいけないことがある」

タケシが技を持つことの危険性について、かたりはじめました。

「練習をつめば、強くなる。強くなると、その力を誇示したがるやつが出てくる。だけど、そういうのは絶対にいけないぞ」

自分からケンカをしかけてはいけない、相手から攻撃された時にだけ、技をつかうのだと、タケシはいいましめました。

「いざ、技をつかう段になっても、百パーセントのパワーを出してはダメだ。とりあえず、半分くらいの力を見せればいい。全力を出すのは、最終手段だ。相手がどうしてもいうことをきかない時や、手が付けられなくなった時にだけ、すべての力を見せつけてやれ」

マサはうなずきました。

「だけど、相手は子分といっしょなんだ」

「一対一で話し合いたいといえばいい。それができないやつは、おくびょう者だといえば、たいていのやつは、したがうさ」

「わかった」

マサは大きく鼻息をはきました。心臓がドキドキと高なり、からだ中に熱い血潮がうずまいています。

よし！　やってやろうじゃないか。

何も、ケンカをしにいくのではありません。ケンカになってしまえば仕方ないですが、それは最終手段だとタケシはいいました。

このような抑止力をマサが持っていると知ったら、レオもマサに一目おくようになるでしょう。もはや、シスコンなどと呼ばれることは、なくなるはずです。

「おれ、すぐにでも技の練習、はじめたい」

「そうか」

タケシはベッドから立ち上がると、マサにもいすから立つよう命じました。

「じゃあまず、かかってきてみろ。遠慮(えんりょ)することはない。叔父(おじ)さんを、そのレオって子だと思って、思いっきりこい。ただし、パンチやキックはあぶないから、ダメだぞ」

マサはくちびるを引きしめ、重々しくうなずきました。

5 対決

その日から、マサの特訓がはじまりました。

タケシ叔父さんは、仕事でいそがしいので、毎日レッスンがあるわけではありません。タケシは、マサが自宅で自主トレができるよう、プログラムを組みました。

まずは、ストレッチ、筋力トレーニング、ランニングから始めなければなりません。これらきそ運動がいかに大切かを、タケシは口をすっぱくして説きました。

「学校の部活と同じだよ。からだができあがっていないのに、技だけおぼえても、強くはなれないからな」

ストレッチはともかく、筋トレやランニングはハードでしたが、こんなところで音を上げていては、レオに打ち勝つことはできません。

タケシのプログラムに従い、マサは地道にスクワットや階段のぼりをくり返しました。まず、下半身をきたえることが大事だというのです。

「よし。いいぞ。いった通りちゃんとやっているようだ。足がずいぶん、たくましくなったじゃないか。筋肉が浮き出ているぞ」

二回目のレッスンの日、タケシがマサの太ももに、目を見はりました。レッスンは、タケシのマンションで行われています。

マンションのリビングは、十五畳ほどあったので、テーブルやいすを片し、ジョイントマットを敷きつめれば、立派な道場になります。

この「にわか道場」でみっちり二時間、マサは合気道のレッスンを受けました。

とはいえ、教わった技はそれほど多くはありません。夏休み中には、この状況をなんとかしたいと思っていたので、あまり時間をかけられなかったのです。練習期間は、せいぜい三週間。この短い期間で、多くの技を習得することは不可能です。

「よし、そうだ。その調子。なかなか、すじがいいぞ！」

マサの素早い攻撃を、いなしたタケシが声を上げました。マサのひたいから、汗がほとばしります。

すじがいいといわれ、口もとがほころびました。体育は大すきな科目です。クラスの誰よりも足が速く、ドッジボールではいつも最後まで生き残るマサでしたから、合気道の上達も早かったのです。

「この調子だと、思っていたより早く実戦でつかえるかもしれない。どう思う？　マサ」

練習がおわり、タケシがタオルでひたいの汗をぬぐいながら、たずねました。

マサはレオの体格を思い浮かべました。レオは、中学生といってもつうじるくらい、大きなからだをしています。身長だけではなく、横はばもありました。

いっぽうマサは、朝礼でならぶときは、れつの真ん中あたりにいます。つまり、平均的な小学五年生の身長で、どちらかといえばやせていました。

こんな二人は、外見だけ見れば、のび太とジャイアンのようなものです。

「まだ、よくわからない」

「そうか。レオって、そんなに強そうな子なのか？」

「からだが大きくて、腕も太い。力があるのは知ってるけど、運動神経のほうは、よくわからない」

「つまりまだ、自信がもてないということだな」

マサは、コクリとうなずきました。

「こんど一度、レオに会わせてくれないか」

「それは……むずかしいよ」

レオの住んでいる家も、連絡先もしりません。会えるとすれば、地区センターや市民プールでしたが、目が合えば、またいろいろいんねんをつけられるかもしれません。

その際、タケシといっしょにいれば、「今度はねーちゃんじゃなくて、しんせきのおじさんに、助けを求めたのか」とばかにされるでしょう。

「いや、遠くからながめるだけでいいんだ。どういう子なのか、知っておきたい」

「あいつは、おれがよくいくところにも顔をだすけど、いつもいっしょになるわけじゃないよ」

「そうか。それじゃしかたないね」

タケシが肩をすくめました。


ところがその翌日、マサは早くもレオに出くわしました。

プールでのことです。マサはいつものように、ケントとジョージ、そしてジローとも一緒でした。ジローはマサのいいつけ通り、男子用の水泳パンツを着用しています。

ジローがはだかになると、見た目よりやせていることに気づきました。

水あそびになれていないので、一番浅いところでも、入るのをためらっています。

「ジローだいじょうぶだから。こっちこいよ」

マサたちが呼びかけても、ジローはがたがたとひざを震わすばかりです。

「エ、エラ呼吸（こきゅう）ができない人類が、み、みずの中に入ったら、呼吸困難（こんなん）になって、死んでしまうのではないか」

「呼吸をとめてりゃだいじょうぶなんだよ」

「そもそも呼吸をとめたら、死んでしまうのではないのか」

「ずっととめてるわけじゃねえから。苦しくなったら、息つぎをすりゃいいんだよ。こいよ。教えてやるから」

マサはケントやジョージとともに、ジローを水の中にさそいましたが、なかなかジローは首をたてにふりません。

「こわがるな。ほら見てみろよ、ジロー」

自分のわきを、スイスイと泳いでいった女の子を、マサは目で追いました。

「あんな小さな子だって、できることなんだぞ。お前にできないわけがない」

「し、しかし……」

ワハハハハハハッ、と、とつぜん大きな笑い声がひびきました。黄色い競泳パンツをはいた男が、プールサイドに立っています。

「おい、オカマ。今日はビキニは着てこなかったのか？　そのパンツ、めずらしく男用だな」

レオでした。

レオのはだかを、ちかくで見るのは、これがはじめてです。小学生のくせに、トラックの運転手のように、がんじょうなからだつきをしています。

こんな男子と、一戦まじえなければならないのかと、マサの胃が重たくなりました。

「シスコンもいっしょだな」

レオが、プールの中のマサに視線（しせん）をうつしました。

「お前ら、仲がいいんだな。オカマにシスコンか、いいコンビだぜ。ところで、オカマ。お前泳げないのか？」

がっちりしたレオの前では、骨（ほね）の浮（う）き出たジローのからだが、よけいに目立ちました。

「泳ぐのは、はじめてだ。それから、ぼくは、オカマというのとはちがうと思う」

ジローが、こたえました。

「まあ、その格好（かっこう）を見れば、そうかもな。どっからどう見ても、男だ。おまえが女だったら、ほんものの女がおこるだろうな」

ハハハハッ、とレオがまた豪快（ごうかい）にわらいました。

「あんときおまえ、素直（すなお）にはだかになってりゃよかったじゃないか」

「まあ、ぼくもそう思う。今と同じ格好だからね」

何をいってるんだよ、ジロー……。

マサが、がっくりと肩をおとしました。

ジローがレオにはだかにされそうになったのを、必死になって救ったのは、ほかでもないマサです。

「せっかく海パンはいてるのに、泳がないのもったいねえよな。おい、シスコン。お前、泳ぎ教えてやらねえのかよ。それともおまえもカナヅチか」

「ちがうよ」

マサはプールの中からさけびました。

「今、教えてあげてるところだ。おれたちのこと、ほうっておいてくれよ」

まだ機はじゅくしていません。今、レオとやりあっても、マサは勝つ自信がありませんでした。レオのぶ厚いむな板を、見せつけられているのですから、なおさらです。

「まあ、いちばんてっとり早いのが、水の中に突き落とすことだな。そうすりゃ、いやでも泳ぎ、おぼえるから」

レオがジローのほうに両腕をつきだし、ジワジワとせまりました。

「やめてくれ」

「やめろ！」

ジローとマサが同時に叫びました。

「じょうだんだよ」

レオが腕をひっこめました。

「この間、テレビで見たんだけどさ、犬の中にも泳げない犬がいるみたいだな。泳げない犬を泳げるようにするには、どうしたらいいか、しってるかよ?」

ジローが「しらない」とこたえます。

「『泳げない犬』より大きな『泳げる犬』と、くさりでつなぐんだ。で、つながれた二匹を浜辺にいって放す。水あそびが大すきな『泳げる犬』は、海にむかって猛ダッシュする。『泳げない犬』は、引っぱられて、いっしょに海の中にとびこむ。水をこわがってるひまなんかない。おぼれたくないなら、泳ぐしかないんだ。これ、人間にも応用できると思わねえか?」

レオは、ジローとマサを見比べました。二人を、くさりでつなごうとでも、いうのでしょうか。

おれたちは、犬じゃないぞ!

マサがレオを、にらみつけました。

「フン」とレオは鼻をならすと、いきおいよくジャンプして、水の中に飛びこみました。バシャーンと、大きな水しぶきがあがり、近くにいた子どもたちが、身をすくめます。

レオは、みごとなクロールで遠ざかっていきました。マサは、水をかく太い腕を、じっと見つめていました。

あいつが、いくら大きくたって、叔父(おじ)さんにはかなわない。おれは、叔父さんと何度も組み合っているんだぞ。

マサは自分自身を勇気づけるように、つぶやきました。


そしてそれから二日後、マサたちはまたもや、レオにそうぐうしました。

今度は地区センターでのことです。いつものメンバーで卓球(たっきゅう)をしようと、入館したところ、ミニバスケットボールのコートで、シュートの練習をしていたレオが、こちらに気づき、ニヤリとわらいました。

「どうするよ……」

不安そうな顔でケントがたずねます。

「今日は、卓球やめて、プールにしね？」

ジョージがてい案しました。

とはいえ、もう受付の手続きはすませているのです。めずらしく、待ち時間なしに卓球台を利用できるというのに、レオがいるからやめるだなんて、しゃくにさわります。

ジローがマサをふり返りました。マサの意見を求めているのです。そもそも今日は、一度もラケットをにぎったことのないジローに、卓球を教えるため、ここにやってきたのでした。

「いや。いこう」

マサは、あいている卓球台にむかって、歩いていきました。ジョージとケントが「しかたねえな」とため息をつき、マサにしたがいます。ジローはいちばん後ろから、ついてきました。

マサのほうを、ちらりと見やったレオは、ふたたびシュートの練習に戻りました。レオをふくめ、四人のグループが、二組にわかれ、シュートの本数を競いあっています。レオがバスケをやっているのを見るのは、これがはじめてでしたが、うまいと思いました。

味方からパスをうけると、すかさずドリブルで、敵の間をくぐりぬけ、さいごには大きくジャンプし、みごとなシュートを決めます。小学生で、あれほどきれいなレイアップシュートを決められる人間は、そう多くはいないでしょう。

レオは、がたいがいいばかりではなく、運動神経も発達しているのでした。

マサの胃がまたもや、重たくなりました。

いくら合気道をまなんだところで、こんなすごいやつには、勝てないのではないか……。

ダンダンというドリブルの音が、いつの間にか聞こえなくなりました。レオたちはゲームを中断し、何やら話しあっています。

マサは耳をそばだてました。

「なんでだよー。もう帰るのかよー」

不機嫌そうなレオの声が、きこえます。

「だから、いったじゃん。おれ今日から夏期講習だから……」

とりまきのひとりが、眉を下げ、必死になって弁解しています。

「おれも、じつはこれから用事があるんだ」

「おれ、今日はじいちゃんが来るから、早く帰ってこいっていわれてる」

ほかの二人も、次々に帰るといいだしました。

「おまえら、つまんねー」

結局、レオの子分三人は、逃げるようにして去っていきました。

いつもは十人ちかいとりまきを引きつれ、のし歩いているレオでしたが、今回いっしょに遊んでいたのは三人。その三人も、今はもういません。

「なんだよー。おまえ、何見てんだよ」

ひとりぼっちになってしまったレオが、マサの視線に気づき、眉間にしわを寄せました。あわてて目をふせましたが、レオはマサをほうっておいてはくれません。ズンズンと歩いてきて、マサの目の前でとまりました。

「なにかいいたいこと、あんのかよ」

二階からとどろくような声で、レオがいいました。

「……べつに、なにもないよ」

「あっ？　きこえねーんだよ。ハッキリいってみろよ」

レオとの距離は、二十センチもありません。こんな近くにいると、さすがに迫力がありました。

「ハッキリいえって、いってんだよ」

今日のレオは、ふだんより機嫌がわるいようです。ケントとジョージが、凍てついているのがわかりました。ジローは冷静なひとみで、なりゆきを見守っています。

「おまえ、おれの顔見て、笑ってただろ」

「笑ってなんか、いないよ」

いいがかりでした。

「うそだな。たしかに笑ってた。あやまれよ」

なぜ、あやまらなければいけないのか？　あやまるようなことをした覚えは、マサにはありませんでした。

「あやまれったら。シスコン」

マサはこぶしを握りしめました。まだ用意はできていません。しかし、やるべきことをやるのは、今なのかもしれない……。

「あやまらない」

マサは頭を上げ、レオを見すえました。レオの顔がゆがむのがわかりました。

その時、入り口のほうから、キャアキャアと騒々しい声がきこえてきました。ふり返ると、ユリが四、五人の友だちと、はしゃぎながら、センターに入ってくるところでした。

ユリと目があい、マサはあわててレオに向き直りました。

「また、ねえちゃんに助けを求めたのかよ、シスコン」

レオが見下すようにいいました。

「助けなんか求めない。それからおれは、シスコンじゃない」

ユリが現れたのは、もちろん偶然です。

マサをにらみつけていたレオのひとみが、マサの背後を気にするように動きました。

レオの視線の先には、ユリがいました。眉根をよせ、こちらに近づいてきます。

「ねえちゃんがいてくれてよかったな、シスコン」

うすら笑いを浮かべながら、レオは去っていきました。

人をばかにしたような笑い顔は、鮮明にマサの記憶にのこりました。これから何度も、この不愉快な記憶を、思い起こすことでしょう。

「なにをやってたの、マサ」

ユリに声をかけられ、思わず「なにもやってねえよ！」とさけんでいました。

「なんでもないから。もうおれに構うの、やめてくれよ」

マサは伸びてきたユリの手を払いのけ、かけだしました。


「あのからだの大きな子が、レオっていうんだろう。中学生か、高校生といっても通用するくらい、デカいな」

次のレッスンの時、タケシ叔父さんがマサにいいました。

「叔父さん、見たの？」

「ああ。プールで偶然見かけた。レオはプールサイドにいて、マサはプールの中にいた。二人で何かいい合っていただろう」

確かにその通りです。あの場に叔父さんがいたなんて、気づきませんでした。

とはいえ、マサは知りませんが、タケシの本業は捜査官です。人のことを探るなど、おちゃのこさいさいなのです。

マサは乗り気ではなかったものの、やはりタケシは、レオに会ってみたいと思いました。かわいい甥っ子が対決しようとしているのは、どんな子どもなのか、知っておきたかったのです。

そこで非番を利用して、マサの後をつけ、プールでレオと思しき子どもを確認したのでした。

「マサは、本気であの子とやりあおうと思ってるのか？」

「やりあいたいわけじゃない。そうせざるを、えないんだよ。あいつ、おれのことをいつもばかにするんだ。このままにしておいたら、おれが卒業するまで、ずっとばかにし続けるよ。そんなの、ぜったいいやだよ」

「そうか、わかった。やるしかないということだな。その覚悟を尊重するよ。ところで、レオについて仕入れた情報があるけど、マサは果たして知っているかな」

「情報？」

いったいなんの情報なのか、マサには見当もつきませんでした。

「実は、レオはつい最近、補導されている。街中で中学生とケンカをしたらしい」

「どうして、ケンカなんかしたの？　おまけに中学生なんかと」

マサは驚いてたずねました。

「くわしいことは、しらないが、まあ、レオは目立つからね。中学生は、軽いけがを負ったが、レオは無傷だったそうだ」

それを聞いて、マサの胃が、冷たい鉛のかたまりを飲み込んだように、重たくなりました。

そんなやつと、対決しなければならないのです。

いや、対決というよりは、力を見せつけるのでした。これ以上ばかにすれば、大変なことがおきると、知らしめねばならないのです。

中学生をものともしないようなレオに、果たしてマサの力は通用するのでしょうか。

「ともかく練習あるのみだ。夏休み中には、仕上がらないかもしれないな。長期戦をかくごしたほうがいい」

「わかったよ、叔父さん」

マサは、大きく深呼吸しました。

特訓は、猛特訓になりました。

「いいか、マサ。相手に勝つ前に、まず自分に勝たなければいけないぞ」

タケシのことばにマサがうなずきます。

「相手をおそれる自分に打ち勝て。おそれていては、抑止力にならない。レオになめられるだけだぞ」

そうなのです。なめられたら終わりです。少しでも、レオをおそれていることがバレてしまったら、レオはマサのいうことなど、聞く耳をもたないでしょう。

もし、そうなれば、あとはあきらめて、逃げかえるか、一か八かの勝負に出るしかありません。

一か八かの勝負では、百パーセントの力を出すことになります。できれば、そんなことは避けたいのです。

当初は、マサの技に合わせ、自ら床の上にころがってくれたタケシでしたが、今やちょっとやそっとじゃ、動いてくれません。

「頭の中で、技の組み立てをシミュレーションしてみるんだ。相手が、こうせめてきたら、こう、かわす。相手の隙が見えたら、このように攻撃する」

いうなり、マサのからだが宙に舞いました。マサはあわてて受け身を取ります。タケシは言葉でせつめいしたことを、すぐに実践してみせたのでした。

「すげえ、ぜんぜん見えなかったよ」

ノロノロと立ち上がるやいなや、マサはふたたび、同じ技でマットの上にころがされていました。

「今度は見えただろう」

汗ひとつかいていないタケシが、マサを見下ろします。

「無理だよ〜。あんなす早いの、見えっこないよう」

なきごとをいうマサを立ち上がらせ、タケシが動いた時、すかさずマサはからだをよじりました。三度もこんな技をくらうのは、ゴメンです。

「そうだ。そんな風に、かわせばいいんだ。できたじゃないか」

　タケシがうなずきました。

「自然にからだが動いただけだよ」

「本能で動ければ、強い。慣れてきたしょうこだな。ただし、それだけでもダメだ。行き当たりばったりでは、敵に勝てない。頭も使うんだ。さっきいったシミュレーションを思いだせ」

　家に帰ってからも、マサは練習を欠かしませんでした。

　おかあさんやユリには、しられたくなかったため、練習はいつもせまい勉強部屋の中でおこないました。叔父さんには、家の人間に自分のやっていることをばらさないよう、お願いしてあります。

　相手がせめてきたら、こう返す。隙を見つけたら、こう攻撃する……。

　閉めきった部屋の中で、マサはタケシのいっていたシミュレーションを、何度も反復練習しました。むろん、スクワットや腕立てなどの基礎トレーニングも、欠かさず行いました。

　プールにも地区センターにもいかないで、引きこもりはじめたマサを、ユリは心配しました。

「ねえ、マサ。ジローを呼んでプールにいこうよ」

　何度かこのように声をかけられましたが、「興味ねえ」とことわりました。

「どうしちゃったのよ、マサ。あんた、熱でもあるんじゃないの？」

額(ひたい)に伸(の)ばそうとするユリの手から逃(のが)れ、「宿題やってるから」とマサはこたえました。

「はっ？　宿題？」

ユリが目を丸くしました。

八月三十一日になってようやく、重いこしを上げ、両親やユリに手伝ってもらいながら、夏休みの宿題にとりかかるのが、マサの毎年の恒例(こうれい)でした。

「そう。だからじゃましないでくれ」

プールや地区センターにいかなければ、レオにあうこともありません。とくにユリといっしょにいるところを、見られたりすれば、またみんなの前でからかわれてしまいます。

ですが、いくらからかわれても、準備(じゅんび)が整っていないマサは、強くいい返すことはできないのです。

タケシに、もう大丈夫(だいじょうぶ)とお墨(すみ)つきをもらうまで、マサはひたすら練習にはげむしかありません。

そして、ついにその日がやってきました。

タケシの手首を返し、マットの上に回転させたマサは、合格点(ごうかくてん)をもらったのです。

「叔父さん、わざとひっくり返ったんでしょう」

「いや、そうじゃない。手首がいたくて、ひっくり返らざるを、えなかったんだよ。みごとな小手返しだった。もうこれで大丈夫。レオなんか、おそれることはない」

タケシが太鼓判をおしました。

「ただし、力の使い方には注意が必要だぞ」

わかってるよ、叔父さん――。

最初から、百パーセントの力を出してはいけない。合気道の技は、抑止力のためであって、戦闘のためのものではない。

いつもタケシが口をすっぱくして、マサに説いていたことです。

レオと派手なけんかをするつもりは、ない。ただし、おれをおこらせたら怖いってことは、やつの頭に叩きこんでやるんだ……。

マサは、胸の高なりをおさえるため、ゆっくりと深呼吸しました。

決意がかわらないうちに、マサはレオに会いにいきました。すでに二学期がはじまっていたので、学校にいけばレオに会えます。

給食を食べ終わった、昼休み。

マサはレオのクラスにいき、チラリと中をのぞき込みました。校庭で仲間と遊んでいるかもしれないと思っていたレオは、教室の中にいました。窓辺に立って、ひとり表の景色をながめています。

周りにとりまきがいないのは、好都合でした。相手も一人なら、だれにも邪魔されず、一対一の会話ができます。

マサは、心の中で「よし！」と気合を入れ、ツカツカと教室の中に入っていきました。まっすぐに向かってくるマサに気づいたレオが、顔を上げ「何だ？」というように、眉をひそめました。

久しぶりに会うレオは、思っていたより小さく見えました。レオより大きな叔父さんを相手に、きびしい練習を重ねてきたせいでしょう。

こんなやつ、全然こわくない——。

いどむような目つきで、学年一のやんちゃ坊主目指して、まっしぐらに歩いてゆくよそ者に気づいたクラスの面々が、なにごとかと注目しています。

マサは、この間レオがやったように、相手の鼻息がかかるほどの距離まで接近し、とまりました。

「放課後、はなしがあるんだ。八幡神社まできてくれないか」

今日のために、何度も練習した台詞でした。

「八幡神社だ～？」

レオがわざとらしく、聞き返しました。

「なんでわざわざそんなところに、いく必要がある？」

校庭内（たとえば、体育館のうらとか）であれば、すぐ先生たちに見つかってしまいます。

ケリがつく前に、中途半端なまま、止められてしまったら、せっかくの努力が水のあわです。

「いっただろう、はなしがあるって」

マサが物おじせずに、こたえました。

「はなしなら、今ここではなせよ」

「重要なはなしなんだ。ここじゃできない」

教室の中で、いざこざを起こすつもりは、ありませんでした。

レオがジッとマサを見すえました。敵意むき出しというよりは、ふしぎな生き物を見るような目つきです。マサも感情をおさえ、レオを見返しました。

「わかった。いってやろう」

しばらくたってから、レオがこたえました。

「一人でこいよ。おれも一人でいくから。仲間を引きつれてきたら、おくびょう者だぞ」

これもタケシに、釘をさされていたことです。集団のけんかは、絶対に避けなければいけません。

「なんだよー。果たし合いでもしようっていうのかよー」

レオがクラスのみんなに聞こえるように、声を張りあげました。

「六時間目が終わったら、すぐにこいよ」

こういい残し、マサは教室をあとにしました。

マサがレオと放課後、果たし合いをするといううわさは、またたく間に広まりました。

レオのクラスだけではなく、マサのクラスでも、その話題で持ちきりです。

「マサ。レオに因縁をつけられたのか」

六時間目が終わると、ジョージとケントが心配そうな顔で、マサの席にやってきました。二人はレオが、マサを八幡神社にさそったと思ったのです。

「おれら、いっしょについていってやりたいけど……」

いっしょについていきたくないのは、明白でした。

「いいよ。むこうも一人でくるから、こっちも一人でいくし」

「でもよぉ……」

「きたいんなら、きてもいいけど、おれのやることに、いっさい手助けとか、必要ないから」

見物人がいるのも悪くないと、マサは思いはじめました。レオにいうことを聞かせる自分の姿を、だれかに見てほしかったのです。

この時点で、マサはレオに負けることなど、いっさい考えていませんでした。

「マサ。ぼくに手伝えることは、あるか？」

ジョージとケントがいってしまったあとに、やってきたのは、ジローでした。

「なにもねーよ」

マサはぶっきらぼうにこたえました。

「どうして、八幡神社になどいくのだ？　はなすことがあれば、ここではなせば、すむことではないのか」

どうやらジローは、ジョージやケントとは違い、マサのほうからレオを神社にさそったことを、しっているようでした。

「学校じゃ、ヤジウマがいっぱいいるから。神社なら、静かにはなし合えるだろう」

「何をはなし合うつもりなのだ」

ジローが、すべてをお見通しのようなひとみで、質問してきました。

「それは、ジローには関係ねーよ。男と男、一対一のはなし合いだ」

マサは席から立ちあがり、ランドセルを肩にかけると、昇降口へ向かいました。

八幡神社に向かう道すがら、ジローがあとをつけてきているのを感じました。

「おめーの家、こっちじゃないだろう」

マサが後ろをふり返り、声を張り上げました。

「たまには寄り道でもしてみようと、思っただけなのだった」

ジローが作り笑いをうかべます。

「ハッキリいえばいいだろう。八幡神社にいくって」

「寄り道のコースに、そのような場所がふくまれていることは、否定しないだろう」

マサはプッとふき出しました。

「別に、きたいんならくればいいじゃん。そのかわり、おれのじゃまはするなよ」

「じゃまをしなければいけないようなことを、するつもりなのか？」

「さあな」

八幡神社の鳥居が見えてきた時、マサは「あっ」と声をあげました。すり切れたランドセルを背負った背の高い女の子が、鳥居の真下で腕を組み、マサを待ちかまえています。

ユリでした。

果たし合いのうわさは、ユリにまでとどいていたのです。

マサはユリのわきを、無言で通り過ぎようとしました。

「どこにいくつもりなの」

ユリがゆっくりと、たずねました。

「ねえちゃんには関係ねーよ」

「関係あるわよ」

ユリがマサの肩をつかみました。

「放っておいてくれよ！」

マサがユリの腕を払いのけ、叫びました。

「いつまでもおれのこと、かまうなよ。もう五年生なんだよ。自分のことは、自分でできるから」

「あたしねぇ、知ってるんだよ、マサ」

ユリが目を細めました。

「あんた、からだを鍛えてるでしょう。腕や足がずいぶん太くなったし、よく週末に、どこかにでかけていってたけど、あれってタケシ叔父さんのところなんじゃないの？」

「タケシ叔父さんがいったのか？」

マサがおどろいて、たずねました。

「ほらね。やっぱり、タケシ叔父さんところへ通ってたんだ」

しまった！

マサはくちびるをかみしめました。ユリは、かまをかけたのです。

「叔父さんに、柔道かなにかを、習ってたんでしょう」

「柔道じゃねえよ。合気道だよ。これは、おれとレオだけの問題だから。ねえちゃんは、口だししないでくれ」

「あんたは、放っておくと、なにするかわからないから――」

「だから、放っておいてくれって、いってるだろう！」

マサが強い口調で、ユリをさえぎりました。

「ねえちゃんが、おれにつきまとうから、おれは、シスコンなんてばかにされるんだ！」

ジローがマサに追いつきました。ユリとジローが目で合図を送っています。おそらくジローが、ユリに今日のことを告げたのです。

「おれはレオに、シスコンっていわせないために、呼び出したんだ。ねえちゃんがおれと一緒にいたら、ナンの説得力もねえだろ。ってか、ねえちゃんがいると、じゃまなんだよ。どこかにかくれててくれよ」

「マサが危険なことしないって約束したら、かくれてる」

「危険なことなんてしねーから。おれは、レオとはなし合いにきただけだから。早くしてくれよ。でないとレオがきちゃうよ」

半分本当で、半分うそでした。はなし合いが基本ですが、レオが人をばかにした態度にでたら、力を見せつけねばなりません。

「やくそくだよ」

ユリが境内にあった、大銀杏のかげにかくれました。

生あたたかい風がふき、木々の葉っぱをカサコソと揺らしました。西の空は、もうオレンジ色に染まりつつあります。随分日がみじかくなったと、マサは思いました。

やがてレオがやってきました。マサが命じた通り、一人です。とりまきはいません。

「さあ、きてやったぞ」

レオが不機嫌そうにいいました。

「早くすまそうぜ。観たいテレビがあるんだよ。間に合わなかったら、おまえ死刑だからな」

「録画すればいいだろう」

マサは負けじと、いい返しました。

「じゃあ、おまえがＵＳＢ、買ってこいよ」

「いやだね」

「なんだと」

はじめから険悪な雰囲気で、はじまってしまいました。これでは、はなし合いだけでかたがつくのか、極めて疑問です。

はなし声がしたのでふり返ると、ぞろぞろと鳥居をくぐる集団の姿が、見えました。マサやレオのクラスの児童たちでした。どうやら、果たし合いの見物にきたようです。ケントやジョージのすがたもありました。二人は、群衆の中にかくれるように、身をひそめています。マサが心配ではあるものの、ケンカの加勢はしたくない、というスタンスなのでしょう。

集団の中に、レオのとりまきたちの姿はありません。レオは、約束を守ったのです。

マサは集まったヤジ馬たちを、ぐるりと見渡しました。総勢三十名ほど。こんな大人数の前で、はじをかくわけにはいきません。

マサはぐっと眉間に力を入れ、レオをにらみつけました。

「レオ。今度おれのことをばかにしたら、絶対許さないからな」

「ばかにする？　よくわからねえな」

レオが鼻でせせら笑いました。

「ばかにしただろう」

「おい、こいつ、おれにいいがかりをつけてるぞ」

レオが見物人たちに、うったえかけました。

「いつ、どこで、どうばかにした？　いってみろよ」

「おれのことを、シスコンって呼んだだろう、地区センターやプールで。何度も」

「シスコンじゃねえのかよ」

レオが大銀杏の方に、あごをしゃくりました。

マサたちのところから、ユリは丸見えでした。やはり心配なのか、大きく身を乗り出し、こちらの様子をうかがっていたのです。

ちくしょう！　かくれてろっていったのに……！

「おれは、うそはいってないぞ。お前は、シスコンだ。どこにいくにも、ねえちゃんが一緒だもんな。ねえちゃんがいないと、な～んにもできねーんだ。ママのおっぱい吸うかわりに、ねえちゃんのおっぱい――」

「だまれ！」

マサがレオに、おどりかかりました。

すばやくレオの手首をつかみます。

やった！　これでもう、こっちのもんだ！

レオの太い手首も、タケシ叔父さんほど頑強ではないはずです。

あとはこうねじれば、レオは自ら一回転して、地面にころがるはず……。

あれっ？

たおれません。

もう一度、力をこめましたが、レオは石像のように動かないのです。

つかまれていない方のうでが、マサのむな板目がけ、飛んできました。

ドンッ！

レオのツッパリを、まともに食らい、マサはふっ飛びました。尻もちをついただけでは足らず、さらに後ろに一回転したところで、ようやくとまりました。

えっ？　どうして、おれの技が通用しなかったんだ？　叔父さんだって、ふっ飛んだんだぞ。

やっぱり、叔父さん、わざところがってたんだな……。

いや、違う。

おれは力任せに、レオをねじ伏せようとした。シスコンとばかにされ、怒りに冷静さをうしない、技ではなく、力にたよろうとしたんだ。

力ならレオにかなうはずがありません。

太い腕に胸ぐらをつかまれ、無理やり立ち上がらされました。

眉間に何本もたてじわを寄せたレオが、こぶしを握りしめます。

マサは思わず、目をつむりました。

「まちたまえっ！」

境内中にとどろくような声で、止めに入ったのは、ジローでした。

「レオ。もうこれで十分ではないか。これ以上、やったらこうかいするぞ」

「こいつがいけねーんだぞ！　こいつがいきなり、かかってくるから――」

「ああ、その通りだ。先にしかけたマサが悪い」

ジローがレオに同意しました。

ちょっ、ちょっと待ってくれよ。おれは……。

異をとなえようとしたマサでしたが、なかなかことばが、出てきません。おしりやひざが、ズキズキと痛みはじめました。

「ぼくは知ってるよ、レオ。きみが中学生とケンカした時も、先にしかけたのは向こうのほうだった」

「おまえ、見てたのかよ」

レオがひとみを見開きました。

「ぐうぜん、通りかかった。悪いのは、中学生のほうだ」

ジローは、レオと中学生のケンカの様子を、その場にいた全員にわかるよう、説明しはじめました。


じつは、中学生の不良グループは、前々からとりまきをたくさん引き連れ、町中を闊歩していたレオに目をつけていました。そして夏休みに入ったばかりのある日、レオたちに因縁をつけてきたのです。

「小学生のくせに生意気だ」

レオのとりまきたちは、震えあがりました。

なにせ、相手はからだの大きな中学生。中には、うっすらとひげをはやしている少年もいます。

不良たちは、三人のグループです。レオに「この辺りをうろつくな。ここはおれたちのなわばりだ」と、すごみました。

レオがだまっていると「聞いてるのか」と、おしりを蹴られました。

「こいつ、デカい図体のくせして、びびってるぜ。おもしれー」

不良が今度は、ひざ蹴りを入れました。それでもレオは、動きませんでした。正直、こわかったのです。

レオのとりまきたちが、逃げ出そうとしました。

「おい、コラ。まてよ。どこへいく?」

不良がとりまきの一人をつかまえ、うでをねじ上げました。

「いたい! やめて」

ひめいが上がった時、レオの頭の中で張りつめていたものが、プッツリと切れました。レオは野獣のようなおたけびを上げながら、不良たちに向かっていきました。

いずれの不良たちも、レオよりは背が低く、やせていましたが、中学生です。おまけに敵は、三人。思い切り闘わなければ、やられてしまうと、レオは必死でした。

ところがレオの馬力は、本人が思っていたより、すごかったのです。猛牛のように、三人を次々になぎたおし、地面でへたっている彼らを、ふみつけました。不良たちは、頭をかかえ、なすすべもありません。

しかし、一度こわれてしまったブレーキは、なかなか元には戻りません。攻撃の手をやすめれば、反撃されるかもしれないのです。

結局、まわりの大人が、レオをとめました。お巡りさんがやってきて、レオと不良たちは、交番につれていかれました。

それ以来、とりまきたちは、レオから距離をおくようになりました。レオといっしょにいれば、いつまた争い事に巻き込まれるやもしれないと、おそれたのでしょう。

なるほど……。

今から思えば、たしかにレオは、プールでも地区センターでも一人ぼっちでした。バスケにつき合っていたとりまきたちも、理由をつけて、すぐにいなくなってしまいました。

「きみは、親分肌で、仲間想いのいいやつだ」

ジローがレオの目を、まっすぐに見すえました。

「うるせーな。お前になにがわかるんだよ」

ことばは乱暴でも、どこか、はにかんだような口調でした。

「仲間をたすけたのに、見すてられるなんて、おかしいとぼくは思うぞ」

マサもジローに同感でした。

「少なくともぼくは、きみの味方だ、レオ。ぼくは、きみを見すてたりはしない」

ジローが意外なことをいい出しました。

「おめー、ばかなんじゃねえの。おれはお前を、はだかにしようとしたんだぞ」

レオが困惑したひとみを、ジローに向けました。

「もう過ぎたことだよ。それに結局、ぼくははだかにはならなかった。それに、中学生との一件いらい、きみは変わったような気がするのだ」

「おれは、おれだよ。なにも変わっちゃいねえ」

ふと、マサは、ジローがレオに服を脱がされそうになっていた時のことを、思い出しました。レオが中学生とケンカをする前、一学期のおわりに起きた事件でした。

あの時はじめて、レオに頭をはたかれました。ユリがきてくれなかったら、取っ組み合いのケンカになっていたかもしれません。そうなれば、マサは、ボコボコにされた中学生の不良より、さらにひどい状態で、地面にのびていたことでしょう。

ところがあれ以来、口ではいろいろ、いわれましたが、レオから暴力をうけたことは一度もなかったのです。たしかに、中学生とのケンカをきっかけに、レオは変わったのかもしれません。

しゅわしゅわと泡立っていたマサの頭の中は、今や、気の抜けたサイダーのようにおだやかになりました。

「きみは、自制することを学んだのではないのかな」

ジローがいうと、「そんなんじゃねえよ」とレオが否定しました。

「もう、補導されるなんて、まっぴらだから。今度補導されたら、家からたたき出すって、うちの親にもいわれてるし」

「レオ。おれがわるかった」

意外にもすなおに、謝罪のことばがでてきました。「先にしかけたマサが悪い」という、ジローのことばが、マサの耳の奥にのこっています。今では、ジローのことばに、素直にうなずけました。そもそもレオは、自分から手を上げるつもりなどなかったのです。

「おまえのあれ、結構いたかったぞ」

レオが右手首をさすりました。

「だからおれも、思い切り、ど突いた。本気出さねえと、ヤバいと思ったから」

「わるかったよ」

もう一度、あやまった時、またもやおしりとひざが痛み出し、マサは「イテテテ……」と顔をしかめました。

「おい、だいじょうぶかよ」

レオが、不安気なひとみで、マサの顔をのぞき込みました。

「だいじょうぶだよ。ちょっとオーバーに、声だしただけだから。おれはけーさつなんかに、チクらねーし。レオは補導されないよ」

マサがニッと歯を見せると、レオの表情もゆるみました。

「まあ、おれもわるかったし。おまえのこと、ずっとシスコンなんて、呼んでたからな。なんか、むしゃくしゃしてたんだよ。中学生にケンカ売られて、補導されたし。おれの仲間は、みんなよそよそしくなっちまったし」

「おれ、ねえちゃんのこと嫌いじゃねーし。むしろ、大すきだし。そういう意味では、シスコンって呼ばれたって、おかしくないし」

銀杏の木の下にいたユリが、「ばか」とくちびるを動かしたのが、ここからでも見てとれました。

「いや、もう呼ばない。あんなバカにするようないい方されたら、おこるの、当たり前だ。もしおれが、同じようにいわれたら、ブチ切れて、お前の三倍はあばれてるよ。それからお前も――」

レオがジローに視線を移しました。

「オカマなんていってわるかった。お前、山本っていうんだろう。今度からちゃんと山本って、名前で呼ぶから」

「ジローでよい。やはりきみは、ぼくの思っていた通りだ」

レオが「どういう意味だ?」とでもいうように、眉をひそめました。

「きみは案外、いいやつってことだよ」

6　本当に大切なもの

「じゃあ、ねえちゃん。いってくるよ」

ランドセルをベッドの上にほうり投げるなり、マサがふたたび玄関にダッシュしました。

「ごはんまでに帰ってくるんだよ」

ユリが、マサの背中に声をかけました。

「わかってるよ」

マサは早くも玄関で、買ってもらったばかりのスニーカーと格闘しています。

「それから、宿題もちゃんとやるんだよ」

なんだか、あたし、だんだんおかあさんみたくなってきてるな、と思いつつ、まどろっこしそうに、つま先でトントンと地面をたたいているマサに、いい足しました。

「だいじょうぶだって。ジローもくるから。あいつに宿題おしえてもらうし」

くつをはき終わったマサが、しっ風のように出ていきました。

しまった！

あの子、手ぶらで出かけていったじゃない。最初っから宿題なんて、やるつもりがなかったんだ……。

ユリは二階の自室にもどると、参考書を広げました。来年からはもう中学生。勉強もしっかりとやっておかなければなりません。

しかし、問題集に没頭しようとしても、どうにも集中できませんでした。ユリの頭の中は「？」マークでいっぱいだったからです。

八幡神社の一件があってから、犬猿の仲だったはずのレオとマサは、親友になりました。今ではほぼ毎日、おたがいの家を行き来し、ゲームや、ドッジボールをしています。今日もマサは、学校から帰るなり、レオの家に遊びにいったのでした。

男の子って、こうも簡単に仲直りできるものなの？

いやいや、こういうことに、男女の区別なんてないはず。同じ人間じゃない。

だったらなぜ……？

玄関の扉がひらく音がきこえました。どうやらおかあさんが、帰ってきたようです。トントンとろうかを歩く足音をききながら、ふたたびユリはマサとレオ、そしてジローのことを考えました。

やっぱり、ジローのおかげだわ。

ジローは、レオのことをよく観察していました。いやなやつと避けるのではなく、レオに興味を持ち、彼のいいところを発見したのです。

そうだよ。悪い子にだって、良いところはある。反対に、良い子にだって、悪いところがある。人間だもの。悪いところだらけな人や、小さないたずらさえしたこともない、良心のかたまりのような人なんて、うそくさい。悪魔や神様ならわかるけど。

ということは、あたしたちって、多かれ少なかれ、みな同じってことじゃないの？

いや、極端かな？

でも……。

トントンと包丁でまな板をうつ音が、階下からきこえました。スパイスの利いた、良いかおりが漂ってきます。どうやら今晩はカレーのようです。

人間にはみな悪い部分があるのに、自分のことを棚に上げ、他人の悪口ばかりいっていたら、他人は不快な気分になるの、当たり前だよね……。

たとえばユリが、授業中さわいでばかりいて、よく先生にしかられているクラスメートから、（ユリはおしゃべりでうるさいから、少し口をつぐんだほうがいい）といわれたら、素直に聞き入れることは、できないでしょう。たとえユリが、自分はおしゃべりだから、直したほ

うがいいと、自覚していてもです。

じゃあ、他人の悪いところを非難するんじゃなくて、良いところをほめてあげるのは、どう？

それが正に、ジローがやったことでした。ジローは、レオがとりまきたちを守るためにしかたなくケンカをしたこと、さらに、これを契機に、暴力をふるわなくなったことをたたえ「ぼくは、きみの味方だ。きみを見すてたりはしない」と明言したのでした。

これって友情？

っていうより、愛よね。広い意味での……。

ユリは背もたれにからだをあずけ、天井を見あげました。

マサが「おれ、ねーちゃん大すきだし」とあんなに大勢の前で宣言した時は、ほおが火照りましたが、ユリはうれしかったのです。ユリもマサが大すきだったからです。

誰かをすきなら、誰かに感謝しているなら、恥ずかしがらず、口に出して、はっきりといってみればいいのです。それだけで人は、ずいぶんと幸福になれるものです。

それと、もう一つ重要なのは、自分の悪いところをはっきりと、認めることよね。そうすれば相手も、同じことをするんじゃないかな……。

マサは、先に手を出したことを、素直にあやまりました。そもそもの発端は、レオがマサをばかにしたからでしたが、その点については、いっさい言及しませんでした。シスコンとばかにした、自分も悪かったと、己の非を、いともかんたんに認めたのです。レオもマサにあやまりました。

他人のことを責めてばかりいても、問題はなにも解決しません。怒りはどんどんエスカレートし、しまいにはおたがい口も利かなくなるばかりか、最悪、なぐり合いのケンカに発展します。

こんな当たり前なこと、どうしてずっと今まで、気づかなかったんだろう……。

ユリは小さなため息をつきました。

今度ばかりはあたし、マサに教えられたな。

その晩の食卓でのこと。

テーブルには、おかあさんが煮込んだ、シーフードカレーが盛ってあります。今日はめずらしく、おとうさんもいました。いつも残業をして、夜遅く帰ってくるので、家族団らんで食事をするのは久しぶりです。

一家四人そろっても、おしゃべりをするわけでもなく、皆もくもくと食事を口に運んでいました。

ユリはいつもより、ややオレンジ色をしたカレーを口に含（ふく）み「おやっ」と思いました。

「このカレー、いつもと味、ちがうね」

ユリは誰（だれ）にいうでもなく、ひとりごちました。おかあさんのカズエが、チラリとユリを見ましたが、すぐにまた食事にもどりました。

「おかあさん、このカレー、おいしいよ」

今度は、おかあさんの方に顔を向け、はっきりといいました。顔を上げたおかあさんの口もとが、わずかにほころびました。

「おばあちゃんちからの帰り道、市場に寄（よ）ったら、生ウニの安売りをやっていたのよ。ウニはおとうさんの大好物だし、ユリもマサも、好きでしょう」

おとうさんが、食べる手を休め、おかあさんをふり向きました。

「カレーの隠（かく）し味（あじ）にウニって、はじめて作ってみたけど、案外悪くないわね」

「うん、おかあさん。すごくおいしい。今まであまりいわなかったけど、おかあさんの作る物はいつも、おいしい。おばあちゃんの介護（かいご）でつかれてるのに、毎日あたしたちのために、ごはんを作ってくれて、ありがとう。おかあさん」

突然（とつぜん）おかあさんのひとみが、ウルウルと揺（ゆ）れたかと思うと、大つぶの涙（なみだ）がこぼれおちました。

おかあさんが泣くのを見たのは、これがはじめてだったので、驚（おどろ）きましたが、やがてユリの目（め）

頭にも熱いものがたまっていきました。

「……おかあさん、あたし、近ごろおかあさんを避けてた。おかあさんにヒドいこと、いったりもした。だけどあたし、おかあさんのこと、大すきだから……ごめんなさい」

「いいえ、ユリ。おかあさんもいけないのよ。介護でつかれて、イライラしてて、あなたやマサに当たり散らしてた。これじゃ、おかあさんを避けたくなるの、当然よね。ごめんね、ユリ。ごめんね、マサ。おかあさんも、あなたたちが大すきよ」

　洟をすすりながら、おかあさんがこたえました。

「すべておとうさんが、原因なんだよ」

　今までだまっていたおとうさんが、口を開きました。

「おとうさんは、おばあちゃんの介護を、おかあさんにばかり、押し付けていた」

「でも、あなたは仕事がいそがしかったから――」

　口を挟もうとしたおかあさんをさえぎり、おとうさんは、続けました。

「確かに仕事はいそがしかった。大変な時期だったしね」

　おとうさんの会社が傾いていることは、ユリもしっていました。

「でも、そんなこと、理由にならない。時間は、作ろうと思えば、作れるものだ。明日からおとうさんも、もっとおばあちゃんの面倒を見ようと思う」

「本当に、そんな時間あるの？」

マサがたずねました。

「あるよ。実は残業と休日出勤をしたかいあって、おとうさんのチームが、新商品の開発に成功したんだ。これがなかなか評判がよくてね。この商品のおかげで、会社もなんとか持ち直しそうだ」

「スゲー。やったじゃん！」

マサが飛び上がって、手をたたきました。

「おとうさん、ありがとう。あたしたちが、こうやってごはん食べたり、服を買ったり、広い家に住めたりするのも、おとうさんのおかげだから」

「おいおい、ユリ。今夜はどうしたんだい？　少しほめすぎじゃないか」

おとうさんは、おかあさんのように泣くかわりに、笑いました。

「うん。そうかもしれない。でも、これ、お世辞じゃないよ。素直な気持ちだから」

「ねえちゃん。なんか、欲しいもんがあるんじゃねーの。おとうさん、気を付けたほうがいいぜ。次におねだりがくるから」

マサがおとうさんに、目配せしました。

「欲しいものは、あるよ。あたしが一番欲しいのは、家族みんながずっと仲良くくらすこと」

自分が大人になるまで、家族はいがみ合いを続けるのではないかと、ユリはひそかに案じていたのです。

ところがどうでしょう。

たった一晩で、口もろくに利かなかった家族は、昔の仲が良かったころの家族に、もどることができました。

一つのボタンをかけ違えただけで、時として、それがとんでもない諍いに発展することがあります。

でもそんな時は、最初にもどって、かけ違えたボタンを正しく、かけ直すだけでいいのです。後のボタンは、自動的に正しい位置にもどります。

たった一晩で。

☆

ジローはいったい、どこから来たのか?

タケシが追う「彼ら」とはいったい何者なのか?

ロボットのような人間は、本当に人間なのか？
まだまだ謎(なぞ)は尽(つ)きません。

黒野伸一（くろの しんいち）

1959年神奈川県生まれ。2006年、『ア・ハッピーファミリー』（文庫化にあたり『坂本ミキ、14歳』に改題）で第1回きらら文学賞受賞。『限界集落株式会社』（共に小学館）はテレビドラマ化されている。著書に『脱限界集落株式会社』（小学館）、『経済特区自由村』『鍵のことなら、何でもお任せ』（ともに徳間書店）、『あさ美さんの家さがし』（河出書房新社）、『いじめレジスタンス』（理論社）他多数。

荒木慎司（あらき しんじ）

CGクリエイター・装画装丁家・絵本作家。1963年神戸市生まれ。絵本に『ゴーヤーマン』（インターメディア出版）、『世界にたった２人の君とぼく』（ダイヤモンド社）、装画＆挿画の仕事に『ファンファン・ファーマシー』（小学館）、『児雷也太郎の魔界遍歴』（静山社）など、装画装丁の仕事に『魔法使いの弟子たち』（講談社）他多数。APPA出版賞一般書籍部門銀賞、東京装画賞会員賞受賞。

遠い国から来た少年

2017年4月20日　初　版　　NDC913 190P 21cm

作　者　黒野伸一
画　家　荒木慎司
発行者　田所　稔
発行所　株式会社新日本出版社
〒151-0051　東京都渋谷区千駄ヶ谷4-25-6
営業03(3423)8402
編集03(3423)9323
info@shinnihon-net.co.jp
www.shinnihon-net.co.jp
振替　00130-0-13681

印　刷・製　本　光陽メディア

落丁・乱丁がありましたらおとりかえいたします。

ISBN978-4-406-06134-6　C8093　Printed in Japan